Deseo

Corazón derretido

KATE HARDY

HARLEQUIN

Editado por **HARLEQUIN IBÉRICA, S.A.**
Núñez de Balboa, 56
28001 Madrid

I.S.B.N.: 978-84-687-0393-0
Depósito legal: M-23438-2012
Editor responsable: Luis Pugni
Fotomecánica: M.T. Color & Diseño, S.L. Las Rozas (Madrid)
Impresión en Black print CPI (Barcelona)
Fecha impresion para Argentina: 25.3.13
Distribuidor exclusivo para España: LOGISTA
Distribuidor para México: CODIPLYRSA
Distribuidores para Argentina: interior, BERTRAN, S.A.C. Vélez
Sársfield, 1950. Cap. Fed./ Buenos Aires y Gran Buenos Aires,
VACCARO SÁNCHEZ y Cía, S.A.
Distribuidor para Chile: DISTRIBUIDORA ALFA, S.A.

Capítulo Uno

Fueron sus zapatos lo que la delataron.

Su traje era de buena calidad. Muy profesional, al igual que el maletín de cuero y el simple pero elegante recogido de su larga melena rubia. Pero los tacones eran demasiado altos y finos. No eran zapatos de oficina, y Dante Romano había conocido a demasiadas princesas para saber lo caros que podían ser. Era la clase de calzado que solo una mujer rica y consentida podía permitirse.

Cerrar aquel trato iba a ser mucho más rápido de lo que había temido cuando sus fuentes le revelaron que Carenza Tonielli pensaba hacerse cargo del negocio de su familia.

—Gracias por venir a verme, *signorina* Tonielli —le dijo mientras se levantaba—. ¿Le apetece tomar algo? ¿Café, agua? —le indicó la botella y los vasos que había en su mesa.

—Agua, por favor. Muchas gracias.

—Siéntese, por favor —esperó hasta que se hubo sentado en el otro extremo de la mesa y sirvió dos vasos de agua.

Ella agarró el suyo y tomó un pequeño sorbo. Tenía unas manos muy bonitas, pensó él, pero apartó rápidamente aquella imagen de su cabeza. Carenza Tonielli era muy hermosa. Posiblemente la mujer más hermosa que había conocido. Pero también era

3

muy consciente de ello, y él no tenía la menor intención de intentar algo con una princesita mimada y endiosada.

«Mentiroso», lo acusó su libido. «Estás pensando cómo sería tener esas manos y esa boca en tu piel».

Bueno, tal vez estuviera pensando en aquella boca perfecta y sensual, pero de ninguna manera daría rienda suelta a sus fantasías.

No tenía tiempo para satisfacer sus deseos carnales hasta que aquel proyecto empresarial hubiese despegado.

—¿Por qué deseaba verme? —le preguntó ella.

¿De verdad no tenía ni idea? Pobre Gino… Había cometido un gravísimo error al dejar el negocio en manos de su nieta con la esperanza de que lo llevase a buen puerto. La chica había dejado Nápoles para recorrer mundo y había tardado diez años en volver a casa. ¿Realmente iba a renunciar a la *dolce vita* para dedicarse a los negocios?

Por lo que le habían contado sus fuentes en Londres, a Carenza Tonielli solo le interesaba despilfarrar el dinero en vestidos, champán y coches de lujo.

Nada de eso iba a poder hacer en la situación financiera actual de la familia Tonielli.

Dante no pensaba engañarla. Le había dado un precio justo, el mismo que le había ofrecido a su abuelo. Ella obtendría el dinero necesario para costearse su estilo de vida y él conseguiría la marca que necesitaba para expandir su negocio.

Ambos saldrían ganando con el acuerdo. Tan solo hacía falta que ella lo viera así.

—He estado negociando con su abuelo para comprar Tonielli's.

—Ah…

4

–Y como la empresa ha pasado a sus manos, es usted con quien debo continuar las negociaciones.

–Creo que se ha producido un error.

–¿Un error, dice? ¿No está usted a cargo de Tonielli's?

–Sí, sí –se cruzó de brazos–. Pero la empresa no está en venta.

Dante Romano se había quedado petrificado en su silla.

Y no le faltaban motivos, pensó Carenza. Aquel tiburón con traje y corbata que pensaba comprar el imperio heladero de su abuelo a precio de ganga se iba a quedar con un palmo de narices.

Un tiburón realmente atractivo, con el pelo negro y peinado hacia atrás, unos labios carnosos y unos bonitos ojos oscuros. Atractivo y muy sexy, pero un tiburón al fin y al cabo. Y ella no iba a venderle la empresa. Ni a él ni a nadie.

–¿Se va a quedar con Tonielli's? –le preguntó él, sin salir de su asombro.

Carenza ya había visto aquella expresión de incredulidad. Era la misma cara que había puesto su nuevo jefe cuando ella le sugirió hacerse cargo de la galería, justo antes de dimitir. De ninguna manera iba a trabajar con alguien que la trataba como una cabeza hueca que no sabía hacer otra cosa que responder al teléfono, reír como una tonta y pintarse las uñas. Lo mismo que parecía pensar aquel hombre al que acababa de conocer. ¿Por qué no podía tomarla en serio?

¿Tal vez porque era rubia? ¿O porque Dante Romano era el típico italiano chovinista que trataba a las mujeres como si vivieran en los años cincuenta?

–Sí, así es –le confirmó fríamente.

Él se echó hacia atrás en la silla.

–¿Cómo?

–Me está ofendiendo –le advirtió ella, mirándolo con ojos entornados.

–*Signorina* Tonielli, usted no tiene la menor experiencia y su empresa se encuentra en una situación precaria. Necesita una reestructuración urgente y yo tengo los conocimientos y el personal necesario para ello.

Sin duda se estaba tirando un farol, pensó ella. Las cosas no estaban tan mal.

–Estamos en plena recesión económica. La situación es difícil para todo el mundo.

–Su negocio se encuentra en serios aprietos y no creo que se deba únicamente a la recesión. Como ya he dicho, no tiene usted la experiencia ni el personal adecuado para arreglar las cosas.

–*Signor* Romano, usted no sabe nada de mí. ¿Cómo se atreve a suponer que soy capaz de dirigir el negocio que mi familia fundó hace cinco generaciones?

–No solo se trata de dirigirlo. Hay que adaptarlo a los nuevos tiempos y convertirlo en un negocio próspero.

–¿Y cree que soy demasiado estúpida como para poder hacerlo?

–Demasiado inexperta –corrigió él.

–¿Qué le hace pensar que soy inexperta?

Nada más preguntarlo se dio cuenta de cómo podría interpretarse su «inexperiencia». Sobre todo cuando la mirada de Dante Romano la recorrió, muy lentamente, desde la cabeza hasta el nivel de la mesa. De arriba abajo y abajo arriba. Examinándola, admirándola… Era evidente que le gustaba lo que veía.

Carenza sintió que le ardían las mejillas.

Cualquiera pensaría que tenía dieciséis años en lugar de veintiocho, y que ningún hombre la había desnudado nunca con la mirada.

Si Dante Romano la hubiera mirado así con dieciséis años se habría derretido en un charco de hormonas. Su cuerpo empezaba a reaccionar, y dio gracias en silencio porque el grueso tejido de la chaqueta ocultara el endurecimiento de sus pezones…

Se reprendió mentalmente. Estaba en una reunión de negocios y ni siquiera debía estar albergando pensamientos eróticos. Un año antes habría hecho algo más que pensar en ello, pero había dejado atrás aquella parte de su vida y se le presentaba la ocasión para empezar de nuevo.

Entonces él volvió a hablar, y fue como si le arrojara encima un cubo de agua helada.

—¿Ha trabajado alguna vez en su vida?

¿Cómo? Por unos instantes se quedó demasiado sorprendida e indignada para hablar. ¿Aquel hombre la veía como una mujer que solo se dedicaba a divertirse y vivir a costa de su abuelo? Bien, así había sido diez años antes, pero desde entonces había crecido mucho. Y se había dejado la piel en Londres, hasta que Amy enfermó de cáncer y vendió la galería.

Intentó no perder la compostura para no hacerle ver lo cerca que había estado de tirarle el vaso de agua a la cara.

—En una galería de arte.

¿Conocería él aquel dato? Naturalmente que sí. Cuando alguien planeaba comprar un negocio se informaba a fondo antes de invertir su dinero. Pero al parecer no la había investigado tan a fondo a ella, porque de lo contrario sabría que había vuelto para quedarse y que no pensaba vender la empresa.

En el breve segundo que transcurrió antes de que él enmascarase su expresión, Carenza vio lo que estaba pensando. El trabajo en la galería de arte ni siquiera le parecía un trabajo de verdad, sino un mero pasatiempo para una niña rica y mimada. Lo mismo que había pensado el nuevo propietario de la galería.

Nada más lejos de la realidad.

—Todos los negocios se dirigen de la misma manera —declaró en tono desafiante.

—Así es —repuso él.

Obviamente no la veía capaz de dirigir Tonielli's. Y ella iba a demostrarle lo equivocado que estaba. No solo iba a quedarse con la empresa, sino que iba a sacarla adelante.

—No creo que tengamos nada más que hablar, *signor* Romano —se levantó—. Gracias por el agua. Buenos días.

Salió del despacho con la cabeza bien alta.

Capítulo Dos

Era estupendo estar otra vez en casa tras pasarse un año viajando por el mundo y nueve residiendo en Londres. Volver a vivir junto al mar, en la bonita ciudad de Nápoles, que se extendía desde la colina hasta el puerto, donde los barcos y botes pesqueros se mecían suavemente sobre las tranquilas aguas. El poste junto a las rocas blancas frente al Castel dell'Ovo, donde los amantes enganchaban un candado con sus nombres garabateados, creando una inmensa escultura en continuo crecimiento. El quiosco de música en la Villa Comunale, con su bonita estructura de hierro forjado, sus globos luminosos y su marquesina de cristal. La puesta de sol tras la isla de Isquia, tiñendo el mar y el cielo de tonos rosas y morados. Y el pico quebrado y amenazante del Vesubio dominando la bahía…

Estaba de vuelta, y Carenza se daba cuenta de cuánto había echado de menos todo aquello. El sabor del aire marino, las estrechas callejuelas adornadas con banderas, el delicioso aroma de las pizzas…

Su hogar.

Salvo que ella ya no era una adolescente alocada e irresponsable. Se había convertido en una mujer adulta y estaba a cargo de Tonielli's. Cinco generaciones la precedían. O seis, para ser exactos.

Repasó las cifras por cuarta vez en lo que llevaba de

día, pero seguían sin salirse las cuentas. La cabeza empezaba a dolerle y continuamente tenía que parar y masajearse las sienes. Empezaba a pensar que Dante Romano tenía razón. Ella carecía de experiencia para sacar adelante la empresa. Pero ¿qué opción le quedaba?

Podría ir a ver a su abuelo y decirle que no podía lidiar con una responsabilidad semejante. Pero aquello sería como arrojarle su generosidad a la cara. Su abuelo había creído en ella lo suficiente para dejar el negocio en sus manos. Él tenía setenta y tres años y era hora de que disfrutara de su merecida jubilación, dedicándose a cuidar su jardín y a reunirse con sus amigos en los cafés para liberarse de todo el estrés acumulado durante una vida de duro trabajo. Se habría retirado años atrás, si los padres de Carenza no hubiesen muerto en un accidente de coche.

Suspiró con pesar. No, no podía devolverle a su abuelo el mando de Tonielli's. Y tampoco podía pedirle consejo a Amy. Su exjefa la ayudaría encantada, pero acababa de someterse a otra agotadora sesión de quimioterapia y lo último que necesitaba era cargarse con más estrés.

Luego estaba Emilio Mancuso. Según su abuelo, había ejercido como encargado de la empresa durante una temporada, pero Carenza no se sentía cómoda con él. No sabía por qué; siempre había sido muy educado con ella, si bien un poco condescendiente, pero había algo en él que la hacía sospechar.

Tampoco podía pedirle ayuda a sus amistades, pues ninguna de ellas estaba al frente de un negocio.

Lo que dejaba…

Volvió a suspirar. A nadie.

«Usted no tiene la menor experiencia y la empresa se encuentra en una situación precaria».

Dante Romano tenía razón en eso.

«Necesita una reestructuración urgente».

También la había tenido en eso otro.

«Y yo tengo los conocimientos y el personal necesario para ello».

La solución más evidente sería venderle el negocio. Pero si lo hacía, estaría defraudando a su abuelo, a su querido Nonno, y rompiendo la larga tradición de su familia. La última generación de Tonielli renunciando al negocio… ¿Cómo podía hacer algo así?

A menos que…

Sonrió burlonamente. Era una locura. Él jamás accedería a ello.

«¿Cómo lo sabes si no se lo preguntas?».

Tal vez, pero… ¿sería tan bueno como él mismo afirmaba? ¿Podría ayudarla a salvar el negocio?

Apartó los papeles y se acercó el ordenador portátil para buscar información de Dante Romano en internet. Era curioso, pero no encontró ninguna foto de él acompañado de mujeres hermosas… o de hombres, aunque su detector de homosexuales le había funcionado muy bien hasta el momento. La atracción del día anterior había sido mutua, a juzgar por la mirada que le había echado desde el otro lado de la mesa.

Tampoco se hablaba de ningún feo divorcio ni nada parecido. Al parecer, Dante Romano se mantenía alejado de cualquier tipo de relación emocional y se centraba exclusivamente en su trabajo.

Un adicto al trabajo.

Con solo treinta años ya era dueño de una cadena de restaurantes, un logro impresionante si se tenían en cuenta sus humildes orígenes. Un poco más de investigación reveló que había comprado muchas em-

11

presas y las había convertido en negocios prósperos y boyantes. Y corría el rumor en el mundo empresarial de que iba a conceder la franquicia de sus restaurantes. Carenza no entendía mucho de franquicias, pero tenía la impresión de que suponía una expansión nacional o internacional. Siendo así, era lógico que no tuviese tiempo para salir con nadie.

Pero a ella no le interesaba en absoluto su vida sentimental. En aquellos momentos de su vida no quería intimar con nadie. Solo quería concentrarse en la empresa de su familia y sentir que podía hacer algo útil. La cuestión era cómo hacerlo… ¿Estaría Dante Romano demasiado ocupado para ayudarla? Y aunque no lo estuviera, ¿aceptaría ser su consultor privado y ayudarla a reflotar el negocio?

Era una estrategia muy arriesgada, pero no tenía alternativa. Y solo había un modo de averiguar si estaría dispuesto a ayudarla.

Conociendo ya su adicción al trabajo, era lógico suponer que aún estaría en su oficina. La mano le temblaba mientras marcaba el número de teléfono.

—Vamos, Caz —se animó a sí misma al pulsar el último dígito. Pero con cada toque de llamada aumentaban los nervios. Empezó a preguntarse si no había cometido un error y…

—Dante al habla —su voz era clara y firme—. ¿Diga?

Carenza agarró con fuerza el auricular y respiró hondo.

—¿*Signor* Romano? Soy Carenza Tonielli.

—¿En qué puedo ayudarla, *signorina* Tonielli?

Si estaba sorprendido, o si esperaba que ella lo llamase para decirle que había cambiado de opinión, no lo demostró. Se mostraba amable y cortés, pero de una forma fría e impersonal.

–Eh… me preguntaba si podríamos hablar. Hay algo que me gustaría comentarle.

–¿Dónde y cuándo?

Desde luego no perdía el tiempo. Tal vez por eso fuera tan bueno en los negocios.

–¿Qué le parece en mi oficina?

–¿Cuándo le viene bien?

–¿Ahora?

–¿Ahora? –casi chilló al repetir la palabra. ¿A quién se le ocurría tener una reunión de negocios a aquella hora de la noche?

Aunque la verdad era que no necesitaba tiempo para prepararse. No había nada que añadir al caso.

–De acuerdo. ¿Sabe dónde está mi oficina?

–Sí.

Qué pregunta más estúpida. Pues claro que lo sabía. Sin duda se había reunido allí con su abuelo cuando se propuso comprar el negocio.

–Bien. Pues lo veo dentro de un ratito.

–*Ciao*.

La mano le seguía temblando al colgar el teléfono. Ya estaba hecho. No había vuelta atrás. Además, ¿qué sería lo peor que podría pasarle? Que él se negara a ayudarla. Y en ese caso ella se encontraría en la misma posición en la que se encontraba ya. Era absurdo sentir nervios por la idea de verlo.

Se ocupó en moler los granos de café en una *cafetière* y poner agua a hervir. Acababa de reordenar las tazas en la bandeja por tercera vez cuando oyó que llamaban a la puerta.

–Gracias por venir, *signor* Romano –dijo al abrirle y cerrar la puerta tras él.

–*Prego* –respondió, con el rostro imperturbable.

–¿Le apetece un poco de café?

13

–Gracias. Sin leche ni azúcar.

Carenza le llevó el café a la mesa, pero la mano le temblaba tanto que se lo derramó en los pantalones.

–¡Dios mío! Lo siento mucho. No pretendía…

–No pasa nada –la interrumpió él–. Se pueden lavar.

Pero lo dijo con una cara tan seria que a Carenza se le cayó el alma a los pies. ¿Cómo había podido pensar siquiera que aceptaría su oferta? No solo era una estrategia arriesgada. Era un auténtico disparate.

–¿De qué quería hablarme? –le preguntó él.

Carenza dejó la taza en la mesa con mucho cuidado y se sentó.

–He consultado los libros de mi abuelo.

–¿Y?

–Y tenía razón en lo que me dijo. No tengo experiencia para arreglar la situación. Pero… –ahogó un pequeño gemido– si usted quisiera ser mi consultor, podría intentarlo.

–Su consultor… –su voz era tan inexpresiva como su rostro. Imposible determinar si estaba sorprendido, indignado, complacido o interesado–. ¿Y qué gano yo a cambio?

–¿Qué tal la enorme satisfacción de poder decir «ya se lo dije»?

El comentario arrancó un atisbo de sonrisa y un breve destello en sus bonitos ojos oscuros.

–No, en serio –dijo ella, envalentonada por aquel cambio en su expresión–. Le pagaré por su orientación. Dígame cuáles serían sus honorarios.

–Más de lo que puede permitirse, princesa. Recuerde que ya he visto sus libros.

¿Princesa? El apelativo le dolió, pero no podía responder con un ataque.

–Puedo pagarle –insistió.

–¿Cómo?

Carenza respiró hondo.

–Podría… –se lamió el labio. Podría vender sus joyas. No le sería fácil, especialmente el reloj que sus abuelos le habían regalado al cumplir veintiún años, pero lo haría si con ello podía salvar el negocio y conseguir que sus abuelos estuvieran orgullosos de ella.

Dante Romano malinterpretó su larga pausa, porque arqueó una ceja en un gesto de arrogante sarcasmo.

–Tengo treinta años y nunca he pagado a cambio de sexo, princesa. No voy a empezar a hacerlo ahora.

–No… no quería decir eso –balbuceó ella, sintiendo como se ponía colorada–. Iba a decirle que puedo vender mis joyas.

Por desgracia, la observación sexual le había dejado grabada una imagen imborrable en la cabeza. Una imagen que no podría ser más inapropiada para aquellos momentos. Se imaginaba a Dante Romero, desnudo, en su cama… introducido en ella.

Por Dios… Tenía que controlarse o acabaría muy mal. Aquello era una reunión de negocios. Negocios y nada más que negocios.

–¿Por qué? –le preguntó él.

–¿Por qué qué? –«piensa, Caz, piensa». No tenía ni idea de lo que le estaba hablando. El cerebro se le había derretido.

–¿Por qué quiere que sea su tutor?

Ah, sí. La razón por la que lo había llamado…

–Le estoy pidiendo que sea mi tutor porque usted tiene experiencia en reflotar negocios –le dio el nombre de los tres últimos restaurantes que había comprado y las fechas correspondientes.

Él volvió a arquear una ceja.

–¿Ha hecho sus deberes, princesa?

–¡No me llame así! –explotó, justo antes de recordar que le estaba pidiendo un favor y que tenía que ser amable con él–. Por favor… Me llamo Carenza.

–Carenza –el nombre sonó como una caricia en sus labios, irresistiblemente sensual.

No. Debía concentrarse.

–Tenía razón, *signor* Romano. No tengo experiencia para salvar el negocio.

–Y de ahí esta cura de humildad… –dijo él–. Interesante.

–¿Por qué tiene una opinión tan baja de mí?

–Porque conozco a las mujeres como usted –hizo una pausa y la miró fijamente–. Princesa.

A Carenza le costó un enorme esfuerzo no responder a la provocación.

–No soy una princesa –declaró fríamente.

–Ponga los pies en la mesa.

–¿Qué?

–Ponga los pies en la mesa.

Carenza no tenía ni idea de lo que pretendía, pero de todos modos hizo lo que le pedía.

–Mírese sus zapatos. De diseño y calidad. Seguramente cuestan el sueldo de un mes de uno de sus empleados. ¿Va a decirme que no es una princesa?

Dicho así era difícil rebatirlo. Carenza bajó los pies de la mesa.

–Tenía un trabajo en Inglaterra –dijo, consciente de que estaba a la defensiva.

–Ajá.

Estaba convencido de que aquel supuesto trabajo no había sido más que una sinecura, un empleo remunerado que apenas exigía dedicación.

–No me limitaba a estar sentada todo el día pintándome las uñas. Era la ayudante de Amy. Me encargaba de organizarlo todo en la galería y sé cómo funciona la venta al por menor.

–La venta de artículos de lujo, tal vez, pero no de comida. Se trata de una clientela totalmente distinta.

–Oiga, ya he admitido que necesito su ayuda. ¿Qué más espera de mí?

–Que tome el camino más fácil y me venda el negocio.

Ella sacudió con la cabeza.

–No puedo hacer eso.

–¿Por qué no?

–Porque soy la quinta generación de Tonielli y me corresponde ocuparme de la empresa –tragó saliva–. Habría sido la sexta generación si mis padres siguieran vivos, y en ese caso tal vez habría tenido un hermano o hermana para compartir la responsabilidad. Pero no se puede cambiar el pasado y es inútil lamentarse. Hay que aceptarlo y seguir adelante.

Dante la miró fijamente. Carenza Tonielli no iba a renunciar a un negocio que había formado parte de su familia durante generaciones. Así que, después de todo, entendía el valor de la lealtad familiar. Era cierto que apenas había pisado Italia en los últimos diez años y que todo parecía indicar que se había olvidado de sus raíces y de su familia, pero tal vez hubiera pasado página y ya no fuera lo que él creía.

Lo más irónico de todo era que hubiese elegido como mentor a la misma persona que quería arrebatarle el negocio. Él podría negarse, naturalmente, pero estaba en deuda con Gino. Años atrás el viejo le había dado los consejos que acabarían convirtiéndolo en un próspero empresario. Dante tenía la oportunidad de devolverle el favor, ayudando a la nieta de Gino y salvando de la quiebra la empresa de *gelati*.

Y eso nada tenía que ver con la boca más sensual y los ojos más azules que había visto en su vida... Ni con lo fácilmente que se imaginaba a aquella exuberante rubia en su cama, con su larga melena desparramada sobre la almohada, los labios entreabiertos y el cuerpo arqueado mientras él la colmaba de placer.

—De acuerdo.

Ella parpadeó con asombro.

—¿Qué?

Dante puso los ojos en blanco.

—Presta atención, princesa —no iba a tratarla de usted ni a llamarla *signorina* Tonielli si iba a convertirse en su mentor, pero tampoco la llamaría por su nombre de pila. Sería demasiado íntimo y arriesgado. Siempre se había enorgullecido de controlar sus emociones y le irritaba que Carenza Tonielli ejerciera una atracción tan fuerte en él. Aquello eran negocios y nada más—. He dicho de acuerdo. Seré tu consultor.

El rostro de Carenza se relajó en una mueca de inmenso alivio.

—Gracias. Pero hablaba en serio con lo de pagarle. No puedo esperar que haga esto a cambio de nada.

—No es necesario pagarme. Te ayudaré en mis ratos libres, pero serás tú quien haga el trabajo, no yo.

—Gracias, no sabe cuánto aprecio su ayuda —se levantó—. ¿Por dónde empezamos?

—Puedes empezar poniéndote algo más discreto.

***

La cara de horror que puso Dante Romano le reveló a Carenza que aquella observación la había soltado sin pensar. Y eso confirmaba que no era ella la única con la cabeza llena de fantasías eróticas…

De repente fue como si la habitación se hubiera encogido y hubieran extraído hasta la última gota de oxígeno.

—¿Qué le pasa a mi ropa? —preguntó en voz baja.

—Nada. La chaqueta y la falda están muy bien —dijo él. Un atisbo de rubor coloreaba sus mejillas.

¿Qué sería lo que tanto le desagradaba? ¿La camiseta? ¿Los zapatos? De seguir siendo la mujer que era hasta el año anterior, no habría dudado en quitarse la chaqueta y rodear la mesa para provocarlo. Y por la expresión de su rostro era evidente que estaba esperando una respuesta insinuante y descarada. Creía conocerla muy bien y no la estaba tomando en serio.

Pues bien. Le seguiría el juego y le demostraría lo equivocado que estaba al dejarlo con un palmo de narices.

Se levantó, se quitó la chaqueta y la dejó sobre el respaldo de la silla.

—¿Es este el problema? —le preguntó mientras se tocaba los finos tirantes.

La expresión de Dante se oscureció.

—Estás jugando con fuego, princesa.

—Has empezado tú —señaló ella—. ¿Qué le pasa a mi camiseta?

Él tragó saliva.

—¿Y me lo preguntas?

–Tú eres quien tiene un problema con mi ropa, no yo.

Se pasó una mano nerviosa por el pelo.

–Está bien, si de verdad quieres saberlo… es demasiado provocadora.

Igual que él. Sobre todo por la barba incipiente que le oscurecía el mentón y que la hacía preguntarse cómo sería sentirla en su piel.

–¿En qué sentido?

–Creía que era yo el que hacía las preguntas.

–¿En qué sentido? –repitió ella.

–Un hombre se pregunta si llevas algo debajo.

Sus ojos ardieron con un brillo apasionado y desafiante. La deseaba tanto como ella a él, pero aún podía presionarlo un poco más.

–Solo hay un modo de averiguarlo.

La respiración de Dante se aceleró. Igual que la suya.

–Muéstramelo –le ordenó con una voz extremadamente sensual y tentadora.

Y ella empezaría a complacerlo para luego dejarlo con las ganas. Así lo haría… porque podía hacerlo.

Se deslizó un tirante sobre el hombro. Luego el otro. La adrenalina le recorría las venas. ¿Qué haría él?

De momento, nada. Esperaba sin moverse, aunque la tensión que irradiaban sus músculos casi podía palparse en el aire. De un momento a otro perdería el control. Y entonces…

–Muéstramelo –le repitió.

Aquel era el momento en que debería desafiarlo a que se acercara y lo descubriera por él mismo. Pero era incapaz de pensar en una réplica ingeniosa. Lo único que podía pensar era en cuánto lo deseaba. Y su cuerpo parecía actuar por voluntad propia. Se bajó la camiseta poco a poco, sintiendo un fuerte hormigueo en cada milímetro de piel que iba descubriendo. Necesitaba desesperadamente sentir sus manos y su boca.

La camiseta le formó un ovillo alrededor de la cintura, demostrándole que llevaba un sujetador. De encaje negro, sin tirantes.

–Ya lo sabes –dijo con voz temblorosa.

–Sí –se mojó el labio inferior–. Pero seguimos teniendo un problema.

Desde luego que tenían un problema. Sus pechos pedían a gritos el roce de sus dedos.

Si no la tocaba enseguida iba a explotar.

–Dante… –susurró con voz ahogada–. Por favor…

Un segundo después él había rodeado la mesa y tenía la boca pegada a la suya. No fue tanto un beso como una declaración de guerra… una invasión en toda regla en la que no cabía más que una rendición incondicional.

Justo lo que ella necesitaba.

Se le escapó un gemido de placer cuando sus hábiles dedos le desabrocharon el sujetador y la prenda cayó al suelo. Sus fuertes y bonitas manos le cubrieron los pechos y con los pulgares le acarició los pezones, pero ella quería más. Quería que su boca aliviara el terrible y creciente escozor, y se apretó contra él para decirle con el cuerpo lo que necesitaba.

Él pareció entenderlo, porque despegó los labios de los suyos y fue bajando lentamente por el cuello.

Se volvería loca sin remedio si la hacía esperar un segundo más. Lo agarró por el pelo y tiró de su cabeza hacia abajo, justo donde la quería, y se estremeció de placer cuando la boca se cerró en torno a un pezón.

–Dante… –su nombre brotó de sus labios en un suspiro de deseo.

Entonces sintió su mano levantándole la falda y cambió de postura para facilitárselo. Volvió a suspirar de placer cuando le acarició la cara interna del muslo y llegó a su sexo, pero allí los separaba la barrera de sus bragas. Por delgada que fuese, necesitaba estar piel contra piel.

Él apartó la tela y le recorrió con el dedo la entrada a su sexo. Ella se frotó con ansia, y cuando el dedo la penetró a punto estuvo de gritar de alivio y goce.

Volvió a besarla y ella lo hizo a su vez, entrelazando las lenguas en una danza salvaje mientras se restregaba contra su mano.

Con el pulgar le tocó el clítoris y fue como si estallase en llamas.

El orgasmo la sacudió con rapidez e intensidad, barrió la tensión y la angustia de los últimos días y la dejó completamente exhausta, flotando en una nube de deleite.

Entonces recordó dónde estaban. Se encontraban de pie junto a su mesa. Tenía la camiseta enrollada a la cintura y la falda levantada, mientras él, con una mano en sus bragas, seguía enteramente vestido, impecable, sin un pelo fuera de lugar.

Cerró los ojos y deseó que se la tragara la tierra.

–Oh, Dios…

Él le atrapó suavemente el labio entre los dientes.

–¿Qué ocurre, princesa?

–Lo sabes muy bien –susurró ella.

–Me temo que carezco de la habilidad para leer la mente –sus ojos brillaban de regocijo.

–Es la situación. Tú estás vestido y yo… –prácticamente desnuda.

–Para mí estás muy bien así –le dio un rápido beso–. Pero tienes razón. La orientación empresarial no consiste precisamente en esto –le quitó las manos de las bragas, le ajustó la falda y volvió a colocarle los tirantes de la camiseta en los hombros.

Ella agarró la chaqueta y se la puso, aunque era como cerrar la puerta del establo cuando el caballo ya se había escapado.

Y él también lo sabía. Porque estaba sonriendo.

–No te rías de mí –le advirtió ella.

–No lo hago –sonrió aún más–. Está bien, lo admito. Sí que me estoy riendo… un poco. Esa chaqueta no va a impedirme pensar en ti sin ella, princesa.

Tampoco le impedía a ella recordar lo que había sido estar desnuda en sus brazos, o cómo la había llegado al orgasmo más rápidamente de lo que ella había conseguido en su vida.

–La próxima vez me pondré algo más discreto –murmuró–. Y así los dos podremos concentrarnos.

–Bien –dijo él, aunque por su expresión no parecía nada convencido–. Nos veremos mañana por la noche, en mi despacho, a las ocho en punto. Te enviaré algunas cosas para que las vayas trabajando.

Se marchó y Carenza se sintió fatal. Él creía que se le estaba insinuando, cuando no había sido así. Y luego… se había arrojado en sus brazos y prácticamente se había desnudado para él. Acababa de reforzar todos los prejuicios que pudiera albergar sobre ella.

Después de tantos años no había aprendido nada. Dante Romano no era su tipo. A ella le gustaban los hombres refinados, intelectuales, bohemios. No los hombres introvertidos e impenetrables a los que era imposible entender. Por muy guapos que fueran.

Y Dante Romano era arrebatadoramente guapo y

sexy, pero eso no justificaba haberse entregado a él. Tampoco era excusa que durante el último año no hubiese salido con nadie.

Se cubrió la cara con las manos. Al día siguiente tendría que darse una ducha fría antes de ir a su despacho. Una ducha muy larga y muy fría. Tal vez así fuera capaz de contener su atracción y conseguir que la tomara en serio para salvar el negocio de su abuelo.

Capítulo Tres

Dante fruncía el ceño ante la pantalla del ordenador.

Era imposible concentrarse, y todo por culpa de Carenza Tonielli.

En honor a la verdad, él también tenía parte de culpa, pues se podría haber negado. Y por decirle que su ropa era demasiado provocativa. Porque aún más provocativa resultaba sin esa ropa… y con la boca pegada a su piel.

Por amor de Dios. No tenía tiempo para aquello. Lo último que deseaba era tener una aventura con una mujer que le exigía su tiempo y dedicación absoluta y que perdía los papeles cuando no se salía con la suya.

Lo que había pasado entre ellos no podía repetirse bajo ningún concepto.

Y él no iba a fantasear con las curvas de su cuerpo y…

–¡Ya está bien, maldita sea! –se reprendió a sí mismo.

Abrió la bandeja del correo electrónico y leyó y respondió brevemente a los tres primeros mensajes. Pero no podía dejar de pensar en Carenza, y aquella debilidad mental ante el deseo lo hacía sentirse cada vez más irritado.

Escribió un nuevo y sucinto mensaje:

Mañana tráete tu USP y el análisis de la competencia.

Perfecto. Directo al grano, como correspondía a un empresario y a un consultor. Ya podía volver a sus asuntos con la misma concentración de siempre.

Hasta que su ordenador alertó con un pitido de un nuevo mensaje entrante. Era de Carenza.

USP???.

Dante puso los ojos en blanco, dudaba que Carenza supiera de lo que le estaba hablando, y le respondió enseguida:

Cambio de planes. Te recojo mañana a las cuatro de la tarde y prepararemos juntos el primer análisis de la competencia.

La respuesta llegó inmediatamente:

Muchas gracias.

Algo hizo que le escribiera un último mensaje de despedida:

Vístete como una turista. Hasta mañana.

«Vístete como una turista». ¿Qué significaba eso?, se preguntó Carenza a la mañana siguiente.

La otra vez le había dicho que se vistiera discretamente… justo antes de meterle la mano en las bragas.

La situación se le estaba yendo de las manos y había que aclarar las cosas antes de volver a verlo, pero no se atrevía a llamarlo por teléfono, de modo que se protegió tras un email.

Sobre lo de anoche… Normalmente no hago esas cosas. ¿Podríamos fingir que no pasó nada?.

Él la hizo esperar una hora antes de responder.

¿A qué te refieres?

No era justo. Dante sabía muy bien a lo que se refería, pero iba a humillarla hasta el final.

A lo de ayudarme, no. A lo otro.

Por nada del mundo especificaría «lo otro».

¡Oh! Claro.

Dante debía de estar divirtiéndose mucho a su costa. Aunque, por otro lado, tenía que reconocer que había sido ella la única que había tenido un orgasmo. Había aceptado todo lo que él estaba preparado para dar.

Lo cual no era un comportamiento normal en ella. Hacía un año que no salía con nadie, desde aquellos terribles meses en los que se acostó con cuantos chicos inapropiados que le habían salido al paso. Estaba cansada de los hombres enamorados de sí mismos y que no satisfacían sus necesidades. Era mucho más fácil divertirse con las amigas y olvidarse por completo de las relaciones. Además, tenía el presentimiento de que la empresa iba a consumir todas sus energías en un futuro inmediato.

Y Dante Romano era su mentor. Nada más que su mentor. Una relación estrictamente profesional. Habían acordado olvidar lo ocurrido la noche anterior.

¿Cómo vestían las turistas? Una turista discreta, además. No tenía nada discreto en su armario, y su situación económica no invitaba a irse de compras. Al final se decantó por unos vaqueros y una rebeca sobre su camiseta de tirantes favorita, y se recogió el pelo en una cola de caballo. Tras pensarlo mucho, decidió ponerse sus zapatos de tacón favoritos. Ser una turista no obligaba a llevar chancletas o zapatillas deportivas.

Dante la había citado a las cuatro en punto, y Carenza tuvo que hacer un esfuerzo para cerrar la boca al verlo. Vestido con traje y corbata estaba imponente, pero con ropa informal era absolutamente irresistible. Llevaba una camiseta negra, unos vaqueros desteñidos, una chaqueta negra de cuero y unas botas bajas de ante. Unas gafas de sol le cubrían los ojos, no se había afeitado desde el día anterior y tenía el pelo ligeramente alborotado.

La imagen de chico malo le sentaba realmente bien…

–¿Preparada?

–Ah… –no podía articular palabra. Ya le costaba bastante que el aire le llegase a los pulmones.

–¿Ah? –le dedicó una sonrisa burlona–. ¿Eso significa sí o no, princesa?

–Significa que tenemos un problema.

–¿Qué problema?

–Tu ropa.

Él arqueó una ceja.

–¿Demasiado desaliñado para ti, princesa?

No. Demasiado sexy. Y mejor sería no responderle, por si acaso acababa admitiendo que se moría por cerrar con llave la puerta del despacho, arrancarle la ropa y hacerlo sobre la mesa.

–¿Por qué tenemos que vestir como turistas?

–Porque la gente con traje de negocios no toma helados a las cuatro de la tarde. Están muy ocupados trabajando.

–Ah.

–No podemos visitar a la competencia y tomar notas en sus locales, princesa.

–¿Por qué no? No sabrán que las notas son sobre ellos.

–Créeme, es más fácil así. En el mundo empresarial se conoce esta técnica como la del cliente misterioso. Se utiliza para examinar de incógnito a los empleados y también para evaluar a la competencia. Iremos como simples clientes, nos servirán como a simples clientes y así sabrás cómo operan de cara al público.

–¿Pero eso no es espionaje?

–No, porque no estás robando ningún secreto. Estás mirando lo que ofrecen, lo que hacen mejor que tú y lo que hacen peor que tú. Comparándolo con tu negocio, podrás ofrecerles un mejor servicio a tus clientes.

–Entiendo… –su cara debía de expresar lo contrario, porque Dante soltó un suspiro.

–No has hecho ningún análisis de tu empresa, ¿verdad?

–Todavía. Solo llevo unas pocas semanas en Italia. ¡Pero puedo hacerlo! –se cruzó de brazos–. No soy una cabeza hueca.

–No, princesa –su tono no podría ser más sarcástico.

–Me estás juzgando sin conocerme.

–Oye, no tenemos tiempo para discu… ¡Bah! Olvídalo. Lo haremos de la forma más rápida –la estrechó entre sus brazos y la besó con tanta pasión y exigencia que Carenza se sorprendió apretándose contra él y echándole los brazos al cuello.

Cuando dejó de besarla, tenía el pulso desbocado y era incapaz de pensar con claridad. ¿No habían acordado que iban a olvidar lo de la noche anterior? Su cuerpo tal vez estuviera encantado, pero su cabeza no.

—¿A qué demonios ha venido eso?

—Ahora mismo somos turistas y tú eres mi novia. He pensado que te vendría bien un poco de ayuda para meterte en tu papel.

¿Meterse en su papel? ¿Cómo esperaba que se concentrara después de haberla besado hasta derretirle el cerebro?

Pero aún fue peor cuando salieron a la calle, porque él la agarró de la mano como si realmente fuera su novia y estuvieran dando un paseo por Nápoles.

—Presta atención, princesa —le dijo él mientras le abría la puerta de una heladería.

Como era previsible, Carenza fue incapaz de tomar buena cuenta de lo que ofrecía aquel establecimiento. Especialmente cuando él insistió en darle a probar el helado que se había pedido, porque lo único que podía imaginarse era a los dos tomando helado desnudos en la cama.

—Se supone que tienes que devolverme el favor, princesa —le dijo él, y a ella le dio un vuelco el corazón. ¿Se refería a lo que le había hecho la noche anterior? ¿O al helado?

Se decidió por la opción más cobarde y le dio una cucharada de su helado.

—Delicioso —comentó con la sonrisa más sexy que Carenza había visto jamás.

Si Dante seguía comportándose así, muy pronto iban a tener que reanimarla con oxígeno. Estaba segura de que lo hacía a propósito, ya fuera para provocarla o para demostrar que era una cabeza hueca incapaz de concentrarse en el trabajo… igual que la noche anterior.

Apretó los dientes y se obligó a prestar atención al local, a la decoración, al servicio y a la oferta heladera. La camarera les llevó la cuenta y le dedicó una sonrisa a Dante, y Carenza se sorprendió al sentir una punzada de celos.

Aquello ya era el colmo. ¿Cómo podía sentir celos por su consultor? Ni siquiera sabía si estaba con alguien.

No, no podía estar con nadie. De lo contrario no la habría besado. Una cosa que había intuido de Dante Romano era que mantenía un código de honor muy estricto. Jamás engañaría a su pareja.

–Pago yo –dijo ella.

–Puede que eso sea normal en Inglaterra, pero estamos en Italia. Pago yo.

–Soy medio inglesa –le recordó ella–. Y estamos en el siglo XXI. Pago yo.

Agarró la cuenta antes que él y fuera a pagar al mostrador.

–Eres difícil –dijo él.

¿Acaso él no lo era?

–Vamos a dar un paseo –le abrió la puerta y caminaron en silencio por el paseo marítimo. En un momento, Dante se detuvo y se apoyó en la barandilla–. Ven aquí.

–¿Por qué?

–Porque aún estamos actuando.

Carenza se acercó un paso y él tosió ligeramente.

–Y mi novia se mantiene tan lejos de mí como puede. ¿No te parece extraño?

Ella se acercó otro paso. Él la agarró y tiró de ella hasta colocarla entre sus piernas.

–¿Qué te ha parecido la heladería?

Tan cerca de él era imposible concentrarse. ¿Cómo podía hablar de negocios y mantener la cabeza despejada cuando él le posaba la mano en la cadera?

–Gracias a la polivalencia, princesa. Un recurso de gran utilidad en los negocios.

Carenza soltó un gemido.

–¿He dicho eso en voz alta?

–Sí.

–He mentido.

–Tus pezones dicen lo contrario –observó él, bajando la mirada.

–Creo que te odio.

–Perfecto –se rio–. Y ahora concéntrate y dime qué te ha parecido esa heladería.

–El helado estaba bueno y el servicio era aceptable. Los precios son más o menos iguales que los míos. Ah, y la decoración era espantosa.

–¿Qué tienen que tú no tengas?

–No… no lo sé. ¿Más sabores?

–Ofrecen sándwiches y bebidas calientes. Así pueden abrir durante los meses de invierno.

Se puso a hacerle un análisis tan exhaustivo del local, de sus puntos fuertes, de sus carencias, de lo que podía mejorarse y de lo que no merecía la pena tocar, que Carenza se quedó anonadada. ¿Cómo había asimilado toda esa información en una sola y breve visita, en la que parecía más pendiente de ella que de cualquier otra cosa?

Un chaval pasó en monopatín junto a ellos y Carenza se pegó más a Dante. Entonces descubrió que su mentor no era tan impasible a su proximidad física como afirmaba. Su erección era inconfundible.

Carenza sabía que estaba cruzando una peligrosa raya, pero el deseo de vengarse de él, aunque solo fuera un poquito, era demasiado fuerte. Se lamió el labio, muy lentamente, y bajó la mirada a su boca antes de subirla a sus ojos. O mejor dicho a sus gafas de sol.

—Estás jugando con fuego, princesa —le advirtió él.

Ya lo sabía. Su cuerpo recordaba muy bien las llamas.

—Sobre lo de anoche…

—Hemos acordado que lo olvidaríamos.

—Pero no fui justa contigo —había disfrutado del placer que él le daba sin darle ella nada a cambio.

—Ajá.

—¿Te has quedado sin palabras, Dante?

Él le dedicó una sonrisa lenta y maliciosa y se inclinó hacia delante para besarla en la boca.

Fue como prender la mecha de las emociones.

Apenas fue consciente de los silbidos y gritos que les lanzaban un grupo de jóvenes. Se apartó de él y vio sus labios hinchados y enrojecidos. El mismo aspecto que debían de tener los suyos.

No podía hablar.

—¿Ahora quién se ha quedado sin palabras? —le preguntó él.

Soltó el aire de golpe.

—Entre nosotros solo hay una relación profesional. Pero… —tragó saliva—, esto otro se está interponiendo.

—Dijiste que te pondrías algo discreto. Así podríamos concentrarnos los dos.

–¡Esto es lo más discreto que tengo! –se defendió ella.

–¿Tacones y vaqueros ajustados?

–¿Y tú con vaqueros y chaqueta?

–Quizá deberías buscarte a otro mentor.

–No se lo puedo pedir a nadie más. Si mi abuelo ve que estoy en apuros, volverá a hacerse cargo de la empresa y eso no sería justo. Tiene setenta y tres años y merece descansar.

–¿Y tu antigua jefa en Londres?

–Está enferma. Y tampoco voy a pedírselo a Emilio Mancuso.

–¿Qué pasa con él?

–No lo sé…

–Pero tu instinto te previene contra él.

Ella asintió.

–Solo puedo pedírtelo a ti.

–¿Soy tu última elección?

–Al contrario. Fuiste mi primera elección. Sabes lo que haces, y de ti podría aprender mucho.

–¿Pero?

Carenza suspiró.

–Pero no me ayuda nada que aparezcas arrebatadoramente sexy, desnudándome con la mirada y dándome helado con tu cuchara.

–¿Estás diciendo que me deseas, princesa?

Por Dios. Claro que lo deseaba…

–Normalmente no me comporto así.

–¿No?

De modo que sabía lo de Londres… Carenza se puso colorada.

–Tú me provocaste.

–No tanto. Podrías haberme detenido en cualquier momento.

En efecto, y eso era lo que había pensado hacer. Pero el tacto de su piel la había hecho olvidarse de todo.

—Aún me sigues tocando el trasero —le recordó—. Y hay otras… señales, por decirlo así.

—Sí que las hay —admitió él. De acuerdo, lo admito. Yo también te deseo.

—Ni siquiera nos gustamos… Crees que soy una princesa mimada.

—Y lo eres. ¿Qué crees que soy yo?

—Un adicto al trabajo. Alguien no sabe divertirse.

—Un muermo, ¿eh? —se encogió de hombros—. Esto no puede funcionar, princesa. Tú buscas a alguien que te haga pasar un buen rato. Y yo no tengo sitio en mi vida para una mujer que monte una pataleta cada vez que llegue tarde a cenar o cuando no quiera ir a una fiesta porque tengo cosas más importantes que hacer que escuchar a una panda de idiotas hablando de tonterías o presumiendo de cosas que no saben.

—Yo no monto pataletas —replicó ella, echando fuego por los ojos.

—En cierto modo lo estás haciendo ahora…

—¿Por qué accediste a ser mi mentor?

—Porque se lo debo a Gino.

—¿Qué le debes a mi abuelo?

—Él me dio una oportunidad cuando era joven y me enseñó a triunfar en los negocios. Ayudarte a hacer lo mismo es una forma de devolverle el favor.

Su confesión fue un duro golpe para Carenza. No la estaba ayudando porque ella le gustara…

—Tienes razón. Tú no me gustas —confirmó él, como si le hubiera leído el pensamiento. O quizá porque lo llevaba escrito en la cara—. No me gusta lo que representas, ni que te dedicaras a viajar y divertirte por medio mundo sin ver nunca a tus abuelos.

—¿Cómo sabes eso?

—Porque veía la tristeza en la cara de Gino cada vez que hablaba de ti.

¿Su abuelo le había hablado a Dante de ella?

—Te echaba de menos.

Los remordimientos invadieron a Carenza. Tal vez no hubiese sido del todo justa con sus abuelos, pero ellos nunca se habían quejado. No tenía que darle ninguna explicación a Dante por lo que hacía o dejaba de hacer. Por otro lado, tampoco quería darle una imagen egoísta y mimada.

—Tenía dieciocho años, Dante. Quería ver el mundo que me esperaba ahí fuera, y por eso fui a Roma, Milán, París, Sídney, Nueva York y Los Ángeles.

—Las capitales de la moda…

—Cierto. Al principio era la moda lo que más me llamaba. Pero luego fui a Londres, a conocer a la familia de mi madre y descubrir esa otra parte de mí. ¿Tú no habrías sentido curiosidad? ¿No habrías querido conocer a una parte de tu familia a la que nunca hubieras visto?

Dependería de cómo fuese la familia, pensó Dante. Él, por ejemplo, no quería tener nada que ver con la familia de su padre. Había visto demasiados conflictos en los primeros catorce años de su vida y no necesitaba ver más.

—Tal vez —respondió secamente.

—Y yo no abandoné a mis abuelos. Llamaba a casa tres veces por semana y les enviaba fotos y emails.

—No es lo mismo que estar aquí… Por cierto, ¿qué te hizo volver?

—Volví para las bodas de oro de mis abuelos —suspiró–. Pero luego vi que se estaban haciendo viejos. Mis abuelos ingleses tenían hijos y nietos para cuidar de ellos, pero el Nonno y la Nonna solo me tenían a mí. Por eso me quedé.

–Y te hiciste cargo de la empresa.

–Soy la última de los Tonielli. Tengo que asumir mis responsabilidades.

No era lo que quería hacer, pero al menos no eludía su deber.

–¿Qué pasó con tu trabajo en la galería de arte?

–Amy se puso enferma, se jubiló y vendió la galería.

–¿El nuevo propietario no te renovó el contrato?

Carenza soltó un largo resoplido.

–No nos llevábamos muy bien y pensé que lo mejor era marcharme.

–¿Cuál era el problema?

–Me trataba como a una cabeza hueca. Y no lo soy. Podría haber ido a la universidad.

Dante se echó a reír.

–¿Para pasarte tres años de juerga?

–No. La educación universitaria te enseña a pensar –frunció el ceño–. Supongo que tú no fuiste a la universidad.

–No, no fui. Y no me perdí nada. Aprendí mucho más de la vida.

–¿Tus padres no querían que estudiaras?

–No –no quería hablar de sus padres–. En la vida hay algo más que estudiar.

–Hace un minuto me estabas besando y míranos ahora –sacudió la cabeza–. ¿Por qué nos estamos peleando?

–Porque no entiendes de dónde vengo ni yo te entiendo a ti. Somos demasiado diferentes.

–¿Y entonces qué vamos a hacer?

–¿Con qué?

–Con nosotros.

–No hay ningún nosotros.

Ella se frotó ligeramente contra su erección.

–¿Ah, no?

–No hay ningún nosotros –repitió él entre dientes.

–Extremadamente difícil –corroboró ella en tono irónico.

Dante lanzó un gemido.

–Por favor, dime que no he dicho eso en voz alta.

–Lo has dicho –parecía perversamente complacida con aquel desliz.

¿Qué demonios le ocurría con aquella mujer? Él jamás sentía debilidad por nadie. Se había pasado años entrenándose para tener un control absoluto sobre sus emociones y evitar convertirse en alguien como su padre.

Pero Carenza Tonielli tenía algo que amenazaba con hacerle infringir sus reglas. Agachó la cabeza para volver a besarla y se deleitó con su calurosa respuesta. Ella abrió la boca para recibir su lengua y le apretó con fuerza las nalgas.

Al acabar el beso sus ojos ardían de deseo febril y su boca parecía un fruto jugoso y maduro.

–¿Y si nos vamos a casa, princesa? –le sugirió él.

Los labios de Carenza volvieron a abrirse, suculentos y tentadores, mostrando sus dientes blancos y perfectos. Dante no recordaba haber deseado tanto a una mujer en su vida.

–Sí –respondió con un susurro suave y sensual.

Capítulo Cuatro

Volvieron a su casa en silencio. La cabeza de Dante le decía que aquello era una mala idea, pero su cuerpo opinaba que era la mejor idea que había tenido en años.

Se percató de que estaba caminando demasiado deprisa y aflojó la marcha en consideración a los tacones de Carenza. Ella lo miró agradecida.

—Lo siento —murmuró él, y tuvo que apartar la mirada antes de hacer una estupidez, como arrinconarla contra una pared y besarla hasta dejarla sin sentido. Si daba rienda suelta al deseo acabarían deteniéndolos por escándalo público.

Aún no se había recuperado cuando ella se detuvo ante una farmacia.

—¿Qué? —le preguntó él.

—Ya sabes… —dijo ella—. Necesitamos comprar algunos, a menos que ya tengas.

—¿Comprar qué? —enseguida supo a qué se refería, y se reprendió a sí mismo por haberlo olvidado—. Eh… no, no tengo. Espera aquí.

Salió de la farmacia con una caja de preservativos en el bolsillo. Se sentía como un quinceañero, pero se sacudió la sensación de encima y se convenció de que el sexo solo era una manera de aliviar la enervante tensión que sufrían ambos. Una vez satisfecha la necesidad sexual, todo marcharía sobre ruedas. Él podría pensar con claridad y también ella. La ayudaría con el negocio y ella saldría para siempre de su vida. Sin más complicaciones.

Cuanto más se acercaban al restaurante, más tensos tenía los músculos.

Pero había sido idea suya, así que, para bien o para mal, tenía que aceptar las consecuencias.

Rodearon el edificio y entraron por la puerta lateral. Apenas se hubo cerrado tras ellos, el control de Dante saltó por los aires. La apretó contra la pared y la besó con una desesperación salvaje. Y lo mismo hizo ella, devolviendo los besos y mordiscos con una voracidad cada vez mayor.

No supo cómo ni cuándo, pero de repente se encontró con que había levantado a Carenza y que ella le rodeaba la cintura con las piernas. Se frotó la pelvis contra ella, arrancándole un gemido ahogado. Sentía el calor de su sexo a través de sus vaqueros y no podía esperar un segundo más. Subió la escalera con ella en brazos y no la soltó hasta que llegaron a su habitación. Allí la dejó lentamente en el suelo, pero la mantuvo pegada a él para hacerle sentir su excitación.

Los momentos siguientes fueron confusos y frenéticos y no supo quién desnudaba a quién, pero al fin los dos estuvieron desnudos, piel contra piel, como había querido estar desde que ella abrió la boca en la heladería para aceptar la cucharada de helado.

–Suéltate el pelo –le ordenó.

Ella se quitó la gomilla y sacudió la cabeza para que su exuberante melena rubia le cayera sobre los hombros.

–Dios… eres preciosa –dijo él con voz ronca. Le sujetó el rostro entre las manos y la besó con delicadeza y dulzura, antes de recorrerle las curvas de sus hombros, pechos y caderas.

–Dante…

–¿Qué, princesa?

Ambos respiraban aceleradamente y a los dos les costaba hablar.

–Hazlo ya –le suplicó–, o me volveré loca.

–Yo también –afortunadamente le quedó el suficiente sentido común para sacar la caja del bolsillo y desgarrar uno de los paquetitos.

–Déjame a mí –le dijo ella. Le quitó el preservativo y se lo desenrolló sobre la erección.

Dante consiguió retener un grito a duras penas. Enterró las manos en su pelo y la besó con ansia, y ella respondió de igual manera. Difícil saber cuál de los dos estaba más impaciente.

Por fin la tuvo acostada en su cama, con el pelo desparramado por la almohada, con él encima y dentro de ella. Su cuerpo era cálido y húmedo, un paraíso para los sentidos, y Dante permaneció un momento inmóvil, ajustándose a ella, antes de empezar a moverse. Muy despacio. Poco a poco. Dejando que las sensaciones crecieran a la par que el ritmo.

Ella le recorrió la espalda con las uñas, hincándoselas levemente para aumentar el placer, y él cambió de postura para penetrarla hasta el fondo.

–¡Oh, Dios mío! –gritó ella–. Sí, sí, sí… –se apretó contra él e incrementó el ritmo y la presión.

Dante sintió cómo empezaban las convulsiones y se lanzó de lleno a la liberación de un orgasmo compartido, extraordinario, como jamás había experimentado. Fue como si un millón de estrellas estallaran dentro de su cabeza, y cuando abrió los ojos vio sus sensaciones reflejadas en los ojos de Carenza. El mismo asombro y fascinación ante el cambio que había experimentado el mundo.

Se apartó de ella y se acostó a su lado, absolutamente aturdido. Sabía que sus cuerpos se entenderían, pero no hasta ese punto.

Ella le buscó la mano y sus dedos se entrelazaron. No, no, no. Solo era sexo. No era una relación.

–Será mejor que me quite el preservativo –murmuró, y retiró la mano antes de hacer una locura… como volver a agarrársela.

Al regresar del cuarto de baño vio que Carenza no se había movido, salvo para tirar de la sábana hasta la cintura. Era realmente hermosa, y el cuerpo le reaccionaba solo al verla.

No sabía qué decir. No sabía lo que ella esperaba de él, hasta que le sonrió y dio unas palmaditas en la cama.

Maldición. Quería abrazarlo, acurrucarse contra él. Y hablar.

Él no quería hablar. No quería intimar. Él no era así.

–Dante… –lo llamó con voz suave–. No creerás que he acabado contigo, ¿verdad?

En un solo segundo la princesa se había transformado en una vampiresa irresistible.

–Muy bien, princesa –aceptó él, volviendo a la cama–. Me tienes en tus manos.

Un destello de dolor cruzó el rostro de Carenza.

–Mis amigos me llaman Caz.

–No somos exactamente amigos.

–Quiero decir… la gente cercana a mí –le dedicó una sonrisa irónica–. Y no creo que se pueda estar mucho más cerca de lo que tú has estado hace un momento.

–No –admitió él, pero era en la intimidad física donde fijaba el límite. No quería ni necesitaba una implicación emocional. Estaba muy bien como estaba, trabajando duro, expandiendo sus negocios y asegurando su vida. La intimidad emocional era la forma más rápida de resquebrajar aquella seguridad, y por nada del mundo iba a dejar que tal cosa ocurriera.

–¿Tanto miedo te doy? –le preguntó ella.

–¿Miedo?

–Por un momento parecías estar aterrado.

Dante siempre había conseguido ocultar sus sentimientos, y el hecho de que ella pudiera ver a través de él empezaba a preocuparlo. Y mucho.

–Imaginaciones tuyas. No tengo miedo de nada –ya no. El miedo había quedado atrás, en una infancia lejana y desgraciada–. Estaba pensando que debería darte de comer.

–¿Vas a cocinar para mí?

–¿Para qué voy a cocinar cuando tengo a los mejores chefs trabajando para mí?

–Oh –visiblemente alicaída, miró la ropa desperdigada por la habitación.

–Tranquila, no voy a obligarte a bajar al restaurante.

–La verdad es que me gustaría verlo.

–Pero no podemos sentarnos juntos. No quiero que mis empleados empiecen a hablar de mí –soltó las palabras sin pensar, antes de poder detenerlas.

Afortunadamente, ella no hizo ningún comentario al respecto. Porque Dante no sabría cómo explicarle por qué odiaba que la gente hablase de él.

–¿Entonces qué pretendes?

–Que nos suban la comida aquí.

–¿Y eso no les hará hablar más?

–Estoy reunido con una colega para hablar de negocios, se nos ha hecho un poco tarde y hemos decidido hacer un descanso para cenar.

–No veo la diferencia entre que me vean abajo contigo y que sepan que estoy aquí.

–La hay, de acuerdo.

–Dante, no tiene ningún sentido lo que dices.

Él la ignoró.

–¿Eres alérgica a algún alimento, o podemos pedir el especial?

–¿Qué es el especial?

–El menú es el mismo en todos los restaurantes, pero hay un hueco reservado para el plato especial del chef. Cada chef lo cambia a su antojo y cuantas veces quiera, lo cual es una manera de estimular su creatividad y afianzar su compromiso con el restaurante.

–Te preocupas mucho por tus empleados, ¿verdad?

–En el mundo de la restauración es fundamental contar con un buen personal. Puedes servir la mejor comida del mundo, pero si el servicio deja que desear el cliente no volverá a tu restaurante. Por eso has de mantener contentos a tus empleados, y que crean que contribuyen al éxito del negocio.

Ella no dijo nada.

–No conoces a tus empleados, ¿verdad? –le preguntó él suavemente.

–Aún no.

–Tienes que saber quién trabaja para ti y qué implica su trabajo. La mejor forma es pasar unas cuantas horas desempeñando todas las labores que se realicen en tu negocio. Así conocerás de primera mano los desafíos a los que tu personal se enfrenta a diario y te será más fácil tratar con ellos.

–¿Eso es lo que tú hiciste?

–Y lo sigo haciendo de vez en cuando. Me mantiene en contacto directo con el personal y el negocio, y todos mis empleados me respetan por ello.

–¿Haces todos sus trabajos?

–Todos. Desde recoger las mesas a lavar los platos, hacer caja y pelar verduras. Ah, y también limpio los retretes.

–Ya…

Dante apostaría todo su negocio a que no había limpiado un retrete en su vida. Y seguro que ni siquiera había limpiado su apartamento cuando vivía en Londres. Le habría pagado a alguien para que lo hiciera. Las princesas no se ensuciaban las manos.

–Pide el especial entonces, gracias… ¿Podría darme una ducha?

–Claro –tuvo que reprimir la idea de ducharse con ella–. El baño es la puerta de al lado. Hay toallas limpias en el armario.

–Gracias.

Dante recogió la ropa y fue a la cocina para darle un poco de intimidad a Carenza. Mientras ella se duchaba, él llamó al restaurante y encargó el especial para dos. Acababa de poner agua a hervir para hacer café cuando ella entró en la cocina. No se había recogido el pelo y parecía más joven y vulnerable. A Dante le dio un vuelco el corazón al verla.

–He pedido el especial –le dijo, endureciéndose por dentro–. Lo traerán en veinte minutos.

–Estupendo. ¿Tu chef recomienda vino tinto o blanco?

–No lo sé. No bebo.

45

–¿Nunca? ¿Ni siquiera en tu cumpleaños o en Navidad?

Dante pensó en su infancia y en la *grappa*, el aguardiente de orujo que acompañaba las navidades y los cumpleaños de su padre… La ira desatada, el dolor, las lágrimas.

–Nunca –se obligó a relajarse. Carenza no tenía la culpa de que su padre hubiera sido un alcohólico–. Pero si quieres vino pediré un poco.

–No, solo beberé agua –le puso una mano en el brazo–. ¿Estás bien, Dante?

–Sí, muy bien –mintió con su mejor sonrisa profesional–. ¿Café?

Ella dudó un momento y él pensó que iba a presionarlo.

–Gracias.

Dante se puso a preparar el café.

–Me avisarán cuando esté lista la comida. Mientras tanto ponte cómoda.

Se había distanciado de ella, y Carenza no se explicaba el motivo. Tal vez guardara relación con el comentario que había hecho sobre la bebida. ¿Sería un alcohólico en rehabilitación? En ese caso debía de ser muy difícil ocuparse de una cadena de restaurantes, pues en todas las comidas de negocios se servía vino.

Pero no sentía que tuviera el derecho de preguntárselo. No había nada entre ellos. Solo sexo. Eran demasiado diferentes para que una relación saliera bien. Aceptó la taza de café que él le ofrecía y lo siguió al salón.

Era minimalista en grado sumo. Había una pequeña mesa de comedor con cuatro sillas, y el ordenador portátil confirmaba que Dante usaba la habitación como otro despacho. Había un confortable sofá, pero ni televisión ni consola de videojuegos. Y el cuadro de la pared era tan aséptico que parecía haber sido elegido por un diseñador. No había objetos decorativos en la repisa de la chimenea. Tan solo un reloj y dos fotografías.

No pudo sofocar su curiosidad y se acercó para examinarlas. Una era de Dante con una mujer lo bastante mayor para ser su madre, y la otra era de una mujer, un poco más joven que él, con un bebé en brazos. ¿Sería su hermana? ¿Su prima? ¿O quizá su madre?

—¿Es tu familia?

—Sí —respondió sin dar más detalles.

No había ni rastro del padre. ¿Estaría muerto, igual que el suyo? De ser así, era extraño que Dante no tuviera algún recuerdo de él a la vista. ¿Lo habría abandonado al nacer? Fuera como fuera, no podía preguntárselo. Dante había levantado una muralla inexpugnable en torno a su vida privada.

Dante observó su apartamento a través de los ojos de Carenza, y no le gustó nada lo que vio. Era soso. Minimalista. Austero. Pero no quería saber nada de adornos. Había visto cómo su padre destrozaba muchos de ellos cuando estaba borracho.

Tenía el desagradable presentimiento de que Carenza iba a empezar a hacerle preguntas personales. Si lo hacía, se encontraría con un muro. Dante no quería hablar de su madre ni de su hermana. Y tampoco iba a explicar por qué no había fotos de su padre, el hombre que había hecho de su infancia un infierno y cuya sombra aún lo acosaba. El miedo no se había desvanecido. A Dante ya no lo asustaba que le hicieran daño, sino hacerlo él.

El silencio entre ambos se alargó hasta hacerse insoportable, y Dante se alivió sobremanera cuando sonó su teléfono.

–Gracias, Mario –miró a Carenza al colgar–. Vuelvo enseguida.

El pez espada con limón y orégano estaba exquisito y las verduras frescas, al dente, como a él le gustaban. Los ojos de Carenza se abrieron como platos al ver tarta de queso y chocolate blanco.

–Tu chef es una maravilla… Dale las gracias de mi parte.

–Lo haré. Y ahora vamos a ponerte los deberes.

–¿Qué deberes?

–Durante los próximos tres días vas a desempeñar todos los trabajos de la heladería para conocer a fondo el negocio, y el sábado me hablarás de tus clientes. Quiénes son, qué piden, qué es lo que más se vende y por qué.

–Entendido… Entonces ¿no te veré hasta el sábado?

–No.

–¿Puedo llamarte si tengo algún problema?

Dante preferiría que no lo hiciera. Quería poner un poco de distancia entre ellos para recuperar el control perdido.

–Si no tienes más remedio… Pero preferiría que me llamaras con soluciones en vez de problemas.

–De acuerdo –respiró–. ¿Puedo lavar los platos?

–¿Sabes hacerlo? –le preguntó él sin pensar.

Ella lo miró con expresión dolida.

–¿Por qué siempre tienes una opinión tan negativa de mí?

–Lo siento.

–No puedo evitar haber nacido en una familia rica, ni que mis abuelos me mimaran en exceso porque soy todo lo que les quedó de su único hijo –parecía a punto de echarse a llorar–. Pues para que lo sepas, con gusto habría renunciado a ese privilegio con tal de recuperar a mis padres.

Dante sabía que había perdido a sus padres con seis años y se compadeció de ella, aunque él no hubiera lamentado en absoluto quedarse sin padre a esa edad. O incluso antes.

Se acercó a ella y la rodeó con sus brazos.

–Lo siento, Caz –era la primera vez que la llamaba por su nombre, el diminutivo que ella le había pedido que usara–. No pretendía hacerte daño. Y no siempre tengo una opinión negativa de ti.

–¿No?

–No. Bueno, quizá un poco –concedió, besándola en el hombro–. Será mejor que te lleve a casa.

–Soy perfectamente capaz de irme sola a casa.

–Ya lo sé, pero soy italiano y también lo son tus abuelos. Estarán preocupados de que llegues tarde a casa.

–¿Por qué?

–¿Les has dicho que ibas a verme?

–No, ¿por qué habría de hacerlo? –frunció el ceño–. No vivo con ellos, Dante.

–¿Ah, no? –parecía sorprendido. Otra vez la había tomado por una niña mimada que volvía a casa de sus abuelos.

–Vivo en un piso encima de mi oficina.

Igual que él…

–Vamos allá –la sacó de la cocina y le echó su chaqueta de cuero sobre los hombros–. Será mejor que te pongas esto.

–¿Por qué? ¿Tu coche es un descapotable?

–No tengo coche.

Carenza frunció el ceño, y se llevó una sorpresa cuando la llevó al garaje.

–¿Una moto?

–De gama alta –era uno de los pocos caprichos que se había permitido–. Es el medio de transporte más rápido y eficiente para moverse por Nápoles.

–Nunca he montado en moto…

–Tranquila, conduzco con mucho cuidado… o eso hago cuando llevo un pasajero. Cuando voy solo me gusta correr más de la cuenta.

–Eso sí que es una sorpresa.

A Dante le encantaba cuando intentaba provocarlo. A punto estuvo de besarla, pero se contuvo y le tendió el casco que tenía de sobra.

–Esos zapatos no son los más adecuados para ir en una moto, pero tendremos que aguantarnos.

–Te encantan mis zapatos –le dijo ella, sonriendo.

Él puso los ojos en blanco y se subió a la moto.

–Ponte la chaqueta, sube detrás de mí y agárrate bien.

Dante Romano estaba lleno de sorpresas. Carenza jamás se habría esperado que tuviese una moto. Se lo imaginaba con un coche de ejecutivo de color gris marengo, a juego con el traje.

La moto era más propia de un chico malo. El chi-

co malo con la chaqueta de cuero que la había llevado a su casa, la había besado contra la pared y le había arrancado la ropa para hacerla arder en llamas.
El chico malo que le había hecho tener el mejor orgasmo de su vida. El chico malo con unos abdomina-
les de acero esculpidos en su piel morena.

Carenza lamentó tener que devolverle la chaqueta. Llevarla puesta había sido como si la estuviera
abrazando, lo cual era un disparate. No necesitaba
que la abrazara ni que un hombre la hiciera sentirse
valorada. Podía valerse por sí sola e iba a hacer que
todo el mundo se sintiera orgulloso de ella.

–¿Te apetece subir a tomar un café? –le preguntó
al llegar.

Él negó con la cabeza.

–Tengo trabajo que hacer, y tú también.

–Sí, los deberes… ¿Qué te parece si vienes a cenar
el sábado y hablamos de mis progresos? Yo me encargo de cocinar. Puede que no esté a la altura de tu
chef, pero al menos podré hervir agua… ¿Te parece
bien el sábado a las ocho?

Él le dedicó una sonrisa que la hizo hervir de deseo, y por un instante se preguntó si iba a besarla.

Pero no lo hizo.

–De acuerdo. El sábado a las ocho. *Ciao*.

–*Ciao* –se despidió ella, y vio cómo se ponía la chaqueta y se alejaba en la moto.

Dante Romano era el hombre más complejo que
había conocido. Una parte de ella deseaba abofetear-
lo por confundirla e irritarla, mientras que otra parte
solo deseaba besarlo.

Le había dejado claro que entre ellos solo había
sexo. Y si él podía separar el trabajo del placer, a ella
no iba a quedarle más remedio que hacer lo mismo.

Capítulo Cinco

«Preferiría que me llamaras con soluciones en vez de con problemas».

Dante se había esperado al menos un email, o una llamada telefónica. Pero Carenza no volvió a dar señales de vida hasta el sábado, y él se quedó horrorizado al descubrir lo mucho que deseaba saber de ella.

Era absurdo. No tenían una relación y él no iba a implicarse personalmente con ella, y sin embargo se sorprendió escribiéndole un email. Solo para confirmar que iba a verla aquella noche: «¿Sigue en pie la cita de esta noche?».

Carenza no era su novia, entre ellos solo había sexo, pero de todos modos se divertía provocándola. Tal vez fuera una princesa, pero él empezaba a darse cuenta de lo que había tras la niña rica y mimada. Y cuando más descubría de ella, más le gustaba. Carenza vivía la vida desde una perspectiva muy distinta a la suya. Y por mucho que a veces lo sacara de sus casillas, también lo intrigaba.

No, aún no había acabado con ella. Ni muchísimo menos.

A las ocho en punto llamaron a la puerta. Carenza, que aquel día había cerrado la heladería más temprano de lo habitual, abrió y vio a Dante con un bonito ramo de rosas blancas y azucenas.

–Para ti.

–Oh, Dante, son preciosas… –hundió la cara en las flores para aspirar su fragancia. No era un simple ramo que hubiese comprado en un supermercado o en un puesto callejero. Era la clase de ramo que solo podía adquirirse en una selecta floristería.

–Es normal llevarle un regalo a la anfitriona cuando te invitan a cenar –repuso él.

–Solo es una reunión de trabajo –le recordó ella, para aclararle que no lo consideraba una cita.

Aquella noche no se presentaba con su traje de tiburón ni tampoco vestido de chico malo, sino algo intermedio: vaqueros negros y un jersey de cachemira también negro.

–Subamos –dijo, y lo condujo al piso superior. Al llegar arriba se quitó los zapatos–. Voy a ponerlas en agua.

Dante la siguió a la cocina.

–¿Cómo han ido tus deberes, princesa?

Volvía a llamarla «princesa», y Carenza sospechaba cuál podía ser el motivo.

–Tenías razón. Desempeñar las labores del personal ayuda a conocer mejor a los empleados –lo miró fijamente–. Y sí, he limpiado los retretes.

Dante se echó a reír.

–Estupendo. Así que no te asusta el trabajo duro.

–Ya te dije que no –lo fulminó brevemente con la mirada y colocó las flores en un jarrón–. Voy a llevarlas al salón. Espérame aquí. Vamos a comer y a repasar las notas en la cocina.

A él pareció divertirle aquella actitud mandona, pero se sentó en la mesa de la cocina.

–¿Café? –le ofreció ella al volver.

–Depende de si piensas tirármelo encima…

Carenza se puso colorada.

–Gracias por recordármelo. Fue un accidente. Estaba nerviosa.

–¿Y ahora no lo estás?

–No –respondió con sinceridad. Después de lo que habían compartido ya no se sentía nerviosa en su presencia. Intrigada y desconcertada, sí. Y desde luego, deseosa de aprender de él y… de acostarse con él.

–No me apetece café, gracias. Vamos con los deberes. ¿Conoces a tu clientela?

Ella asintió.

–Son principalmente familias. Los sabores más demandados son vainilla, chocolate y fresa, en ese orden… igual que en el resto de Europa. La vainilla también es el sabor favorito en Estados Unidos, por cierto –aquel detalle no era relevante en el informe, pero lo añadió para demostrarle a Dante que podía hacer una investigación exhaustiva–. En mis heladerías les siguen de cerca la avellana, el café, el limón y la *stracciatella*.

–Estoy impresionado. Ya sabes lo que vendes y a quién. Lo siguiente es decidir cómo vas a expandir el negocio. O aumentas la oferta, o aumentas la clientela.

Ella frunció el ceño.

–¿Quién compra helados aparte de las familias?

–¿No habíamos acordado que era yo el que hacía las preguntas? Piensa en ello… O piensa en dónde compran los helados las familias.

–En una heladería, en un puesto de helados… En Londres tenía una amiga que se encargaba de organizar bodas. En una ocasión preparó una boda de verano con un carrito de helados para los invitados, y al parecer los niños quedaron encantados.

—Londres está un poco lejos para importar helados de Nápoles.

—Muy gracioso. Quiero decir que tal vez podría ofrecer mis helados a los organizadores de bodas. Podría preparar tarrinas específicas para la ocasión, con los nombres de los novios y la fecha de la boda.

—Es una buena idea. ¿En qué otro sitio se puede comprar helados?

La estuvo presionando hasta que le dio una lista de lugares: cines, supermercados, hoteles y restaurantes. Y aunque apenas le hacía preguntas, tampoco pensaba por ella. Simplemente dejaba que las ideas le salieran por sí solas.

—Aprendes muy rápido —le dijo, aparentemente complacido—. Y eso es bueno para el negocio.

—Veré dónde puedo introducir mi producto —decidió ella, encantada con su aprobación—. Los supermercados, los cines… —se calló un momento—. Los restaurantes. ¿Qué tal los tuyos? ¿Ofreces helado de postre?

—Sí.

—¿De Tonielli's?

—De momento no.

—Pero es lo que pensabas hacer.

—Lo que yo pensara hacer es irrelevante, porque eres tú la que está a cargo del negocio.

—¿Venderías mis helados en tus restaurantes?

—Eso depende de lo que me ofrezcas —levantó la mano para hacerla callar—. No corras tanto, princesa. Antes tienes que calcular un presupuesto y preparar una estrategia. Te facilitaré los manuales necesarios para que puedas hacerlo tú misma, y luego repasaré

contigo las cifras por si se te ha escapado algún detalle. Será un conflicto de intereses, pero entre los dos
encontraremos la solución más justa para ambos.

–Gracias –le sonrió–. ¿Podemos hacer un descanso para cenar?

–Por supuesto.

Carenza fue a abrir el frigorífico.

–Pensé en ofrecerte helado solamente. De prime-
ro, sorbete de tomate y albahaca. Como una sopa
fría.

Él emitió un profundo suspiro.

–Si esa es tu idea de expandir el negocio, te ad-
vierto que será un rotundo fracaso.

–No, no, solo era una idea. Pero no se me ocurrió
ningún sabor apropiado para el plato fuerte. Queso
parmesano, tal vez, servido en un gofre con ensalada.
Al final desistí.

–Bien. Porque una cena a base de helado es…
–hizo una mueca de desagrado–, excesivamente efec-
tista. No encajaría con tu clientela.

–¿Me estás diciendo que nunca has tomado una
comida a base exclusivamente de helado?

–No –apartó los recuerdos de cuando no tenía
nada que llevarse a la boca porque su padre se había
bebido el presupuesto doméstico y los tenderos se
negaban a fiarles, y con razón, por desconfiar de su
familia.

–Pues no sabes lo que te pierdes. Imagínate un
día en la cama y una buena tarrina de helado para al-
morzar…

–¿Es una sugerencia? –le preguntó él en tono bajo
y sensual.

Carenza dio rápidamente marcha atrás.

–¡Hora de cenar! –llevó los platos a la mesa para

servir una sencilla ensalada tricolor–. Ya sé que esto no es lo que se dice cocinar. Solo es disponer las cosas en un plato…

–Esta noche estás muy a la defensiva, princesa.

–Eso es porque tú me haces estarlo.

–¿De verdad tienes algo contra lo que defenderte?

Justo cuando Carenza creía tener la razón, él le daba la vuelta a la situación y le hacía ver lo equivocada que estaba.

–Supongo que no –admitió.

–Está buena –dijo él tras probar el primer bocado–. Fresca y sencilla, con buenos ingredientes y bonita presentación.

–¿Eso ha sido un cumplido?

–No quieras abusar, princesa –le advirtió él, sonriente.

Al acabar los entremeses, Carenza preparó un poco de pasta con salsa pesto.

–Adelante, pregúntame si la salsa es de bote –lo retó al servirle el plato.

Él la probó y masticó lentamente.

–No, definitivamente es una salsa casera… Aunque sí podría preguntarte si la preparó tu abuela o su cocinera.

Carenza levantó la mano para enseñarle la tirita en el pulgar.

–La hice yo, ¿ves? Me corté el dedo al trocear la albahaca.

Él le agarró la mano y le besó el dedo, provocándole un estremecimiento y un débil gemido.

–¿A qué ha venido eso?

–¿No me lo has enseñado para que te lo sanara con un beso?

Sí… Pero cada vez que su boca le rozaba la piel,

aunque no fuese un beso erótico, todo el cuerpo le ardía de deseo.

Consiguió tranquilizarse y concentrarse lo suficiente para servir el pollo con verduras, que él se comió con una sonrisa, sin hacer comentarios.

Finalmente sacó el pudín del congelador.

—Esto sí que lo has traído de la heladería, ¿verdad? —supuso él.

—No, y para que lo sepas, lo he hecho yo esta tarde. Ya había pensado en lo que dijiste antes sobre ofrecer más productos, y me he atrevido a intentar algo distinto.

—¿Distinto? —entornó los ojos—. A mí me parece un simple pudín de fresa.

—Pruébalo.

Él se llevó un pequeño trozo a la boca.

—Sabe a fresa… Aunque muy suave para ser helado.

—Esta hecho con yogur. No tenía tiempo para preparar el relleno a base de helado.

—La verdad es que está muy bueno. Muy ligero.

—Pensado para los clientes que quieren reducir las calorías pero sin renunciar al sabor.

—Ideal para atraer a los turistas.

Era extraño hasta qué punto la complacían sus halagos.

—También he pensado en ofrecer el extremo opuesto. Un auténtico cóctel de calorías… Mi favorito —se lamió el labio—. *Gianduja*.

—Chocolate.

—Un chocolate mejor que el sexo a base de crema de cacao y pasta de avellana —corrigió ella—. Fue una de las cosas que más me gusto de volver a casa.

—Un chocolate mejor que el sexo —la miró pensativamente—. ¿Es un desafío, princesa?

—¿Tú qué crees?

Él sonrió.

—Creo que voy a comprar un poco de *gianduja* antes de volver a verte. Y luego… —sus ojos brillaron peligrosamente—. Te haré suplicar.

—En tus sueños.

Dante se inclinó sobre la mesa para besarla. Y aunque solo fue un leve roce, a Carenza le temblaron las rodillas.

Él no dijo nada para festejar su triunfo. Se limitó a acariciarle la mejilla con el dorso de los dedos, como si le estuviera diciendo que él se sentía igual.

—¿Café? —preguntó ella con voz ahogada—. Te prometo que no te lo tiraré encima.

—Me encantaría —miró los platos apilados en el fregadero—. ¿Quieres que los lave?

—No, ya lo haré después.

—No me importa hacerlo.

La idea de verlo desempeñando labores domésticas en su cocina era demasiado para ella.

—No, no. Espérame en el salón. Enseguida te llevo el café.

Dante fue incapaz de sentarse a esperar. El salón de Carenza era aún más femenino de lo que se había esperado. Una curiosa mezcla entre *kitsch* y estiloso, lleno de cojines y adornos y con cuadros abstractos en las paredes que eran realmente atroces, por no decir algo peor.

También había fotos en la repisa de la chimenea. Tal vez estuviera siendo demasiado curioso, pero ella también había mirado las suyas y no podría reprocharle que hiciese lo mismo. Las examinó una por una. Algunas eran relativamente recientes, de Carenza acompañada por sus supuestas amistades. Había una en la que estaba con sus abuelos y otra de cuando era niña. Pero la que más lo intrigó fue la que mostraba a una Carenza de bebé con una joven pareja.

–¿Son tus padres? –le preguntó cuando ella entró en el salón.

Carenza asintió y dejó la bandeja del café en la mesita.

–Ojalá hubiera podido conocerlos mejor. Todo lo que sé de ellos es lo que me contaron mis abuelos… que eran muy buenos y cariñosos.

–¿Qué ocurrió?

–Un accidente de coche. Me dejaron con mis *nonnos* para irse a celebrar su séptimo aniversario a Roma. Me querían mucho, pero era una ocasión especial y querían estar solos… –bajó la voz–. Nunca volvieron.

Dante vio que estaba haciendo un enorme esfuerzo para no llorar, pero no pudo impedir que una lágrima le resbalara por la mejilla.

–No llores, Caz –le susurró.

–Otra vez me llamas por mi nombre… –dijo ella con voz temblorosa.

Dante le apartó el pelo de la frente.

–No le busques más explicación, princesa. No va a haber nada entre nosotros. Yo no sería bueno para ti.

–¿Cómo lo sabes?

–Lo sé –ella querría más tiempo del que estaba preparado para darle. Lo presionaría cada vez más, y si él perdía el control… sería desastroso.

Carenza suspiró con pesar.

–Y ahora volverás a colocarte la coraza y a dejarme fuera.

–No todo el mundo quiere desnudar su alma.

–Típico de los hombres.

–Lo siento, pero no puedo ser quien tú quieres que sea –le rozó el hombro con la nariz–. Sin embargo, sí hay algo que puedo hacer por ti.

–¿Besarme? –le preguntó ella con ojos suplicantes.

Era una mala idea. Debería ponerle punto y final a aquella locura sin más dilación. Pero su cuerpo se negaba a escuchar razones.

–Sí.

Carenza lo agarró de la mano y lo llevó al dormitorio. La chica vulnerable y necesitada se había transformado, como por arte de magia, en la mujer salvaje y apasionada que lo hacía enloquecer de deseo. Hacer el amor con ella fue increíble, sobre todo cuando insistió en llevar la iniciativa y colocarse a horcajadas sobre él.

–Me encanta esta vista –le dijo Dante mientras levantaba las manos para juguetear con sus pechos.

–Y a mí estar al mando…

Solo porque él se lo permitía… y la expresión de Carenza le dijo que ella así lo sabía y aceptaba. Pero Dante disfrutó enormemente concediéndole la iniciativa. Le encantaba cómo se movía y con qué pasión lo besaba, exigiéndole y obteniendo una respuesta semejante.

Al acabar, Dante fue a tirar el preservativo al cuarto de baño y volvió a la habitación para vestirse.

–No me digas que vas al volver ahora al trabajo.

–Ya me conoces –dijo él, encogiéndose de hombros–. Soy un hombre de negocios soso y gris.

–¿Es que nunca te das un respiro?

–No –respondió él sin pensarlo–. Quédate ahí. Ya

sé dónde está la salida. Tus deberes para esta semana serán elaborar un análisis DAFO: Debilidades, Fortalezas, Amenazas y Oportunidades. La idea es transformar las debilidades en fortalezas....

–Y las amenazas en oportunidades. Entendido.

–Bien. Te veré el sábado. En mi despacho a las siete y media. *Ciao.*

Y salió de la habitación antes de ceder a la oferta tácita de Carenza para quedarse a dormir.

Capítulo Seis

El lunes por la mañana Carenza volvió a la oficina con las anotaciones que había tomado en una heladería y se encontró un libro en su mesa con una nota.

Más deberes: analiza las ventas de los últimos cinco años en todos los puntos de venta. ¿Cuáles son las tendencias y por qué?

Dante.

Su letra era de trazo firme y seguro, como él mismo. Y, por mucho que le molestara reconocerlo, lamentaba no haber estado allí cuando le llevó el libro.

Le respondió rápidamente por email.

Gracias por el libro. Me pongo manos a la obra.

Carenza.

Aunque antes tenía que conseguir las cifras de ventas de cada establecimiento. Y fue entonces cuando descubrió que su abuelo no lo tenía todo recogido en una hoja de cálculo en el ordenador. Todo estaba en papel, lo que la obligaría a hablar con Emilio Mancuso y pedirle la información.

Él frunció el ceño al entrar en su despacho y escuchar lo que le pedía.

63

–¿Para qué quieres ver las cifras de los últimos cinco años?

–Para ver las tendencias.

–No es necesario. Me he ocupado de todo personalmente en los últimos cinco años –hizo una breve pausa–. Desde que tu abuelo tuvo sus problemas de corazón.

¿Problemas de corazón? ¿Qué problemas de corazón? ¿Por qué ella no sabía nada de eso?

Lo último que quería era que Mancuso creyera que la dejaban al margen, de modo que disimuló su preocupación y decidió que le pediría explicaciones a su abuela más tarde.

–Ya sé que las ventas han bajado, pero no hay nada de qué preocuparse. A todo el mundo le afecta la crisis –le dedicó una fría sonrisa–. No necesitas llenarte de preocupaciones tu preciosa cabecita, *carissima*.

Carenza no supo qué la enfurecía más, si que la llamara *carissima* o que hiciera mención a su preciosa cabecita. ¿Por qué los hombres no podían tomarla en serio? ¿De verdad tendría que vestirse con discreción, dejar de maquillarse, teñirse el pelo de castaño oscuro, recogérselo en un moño y ponerse unas gruesas gafas para que la gente se percatara de que era algo más que una cara bonita?

¿Y por qué Mancuso no le daba las cifras y dejaba que las viera por sí misma?

–Mi abuelo me dejó a cargo de la empresa, y no puedo hacer mi trabajo si no dispongo de toda la información –lo dijo con más brusquedad de la que pretendía, pero actitud de Mancuso la había irritado–. Usted está muy ocupado, *signor* Mancuso, y no quiero causarle molestias innecesarias. Así que dígame dónde están los informes y yo me encargaré de buscarlo.

–Ya te he dicho que no es necesario –dijo él, poniéndose colorado.

Otra negativa. ¿Acaso tenía algo que ocultar?

–Si es un problema para usted, siempre puedo pedírselo a Nonno –le advirtió. Y también tenía otras preguntas para sus abuelos. Como por ejemplo por qué nadie le había dicho nada sobre los problemas de salud de su abuelo.

Mancuso la llevó de mala gana a un cuarto lleno de polvo, rebuscó en un estante y le entregó varios libros.

–Espero que no le importe que me los lleve para echarles un vistazo… Los devolveré personalmente en cuanto haya acabado con ellos –añadió antes de que él pudiera decir nada.

Cuando examinó las cifras vio que, efectivamente, las ventas descendían año tras año. Tal vez se hubiera equivocado al sospechar de Mancuso y él no tuviese nada que ocultar. Quizá solo estuviera molesto porque Nonno le hubiera pasado a ella las riendas de la empresa en vez de ser él quien continuase dirigiéndola. Aunque si Nonno hubiese vendido el negocio, Dante Romano habría llevado a su propio personal y Mancuso se hubiera visto igualmente desplazado.

En cualquier caso, ya haría las paces con él más adelante. De momento tenía otras preocupaciones más acuciantes.

Aquella noche llegó a casa de sus abuelos con flores para la Nonna y un poco del mazapán favorito del Nonno. Después de cenar, insistió en ayudar a su abuela en la cocina.

–Nonna, ¿por qué no me hablaste de los problemas de corazón del Nonno?

Elena Tonielli la miró visiblemente nerviosa.

—No sé de qué me hablas, tesoro.

—Emilio Mancuso me lo dijo hoy. Los problemas que el Nonno tuvo hace cinco años… y de los que no me dijiste nada.

—Estabas viviendo felizmente en Londres, *cara*. No íbamos a hacerte volver.

Carenza se mordió el labio. ¿Sus abuelos habían creído realmente que para ellos habría sido un sacrificio volver a casa?

—Nonna… ¿cómo puedes pensar que para mí hay algo más importante que el Nonno y tú? Si hubiera sabido que estaba enfermo habría venido desde Londres inmediatamente.

—Y habrías renunciado a todo lo que tenías en Londres. No queríamos preocuparte, *cara*. Además, el Nonno está bien.

—¿Quieres decir que no sufrió problemas de corazón?

—Tuvo dolores en el pecho, sí, pero no pasó de un susto.

—¿Y no pensabas contármelo nunca?

La expresión de su abuela fue respuesta suficiente.

—Ojalá nunca me hubiera marchado de Nápoles —murmuró Carenza, cerrando los ojos—. Si no me hubiera ido al extranjero, si no hubiera sido tan egoísta… Debería haber vuelto y haberme hecho cargo de la empresa hace años. Igual que hubiera hecho papá.

—Solo queríamos verte feliz, tesoro —dijo Elena en tono suave—. Tenías derecho a salir y ver mundo, y necesitabas conocer a tu familia inglesa. Habría sido muy egoísta por nuestra parte retenerte aquí.

Carenza tragó saliva, emocionada.

–No fuisteis egoístas. Me disteis un hogar y todo lo que podría desear –sus abuelos ya eran bastante mayores cuando sus padres murieron, y criar a una niña pequeña debió de ser muy difícil para ellos.

–Te acogimos porque te queríamos. Y tenerte con nosotros era como si aún tuviéramos una parte de Pietro. Podíamos seguir viéndolo en ti a medida que te hacías mayor.

–Entonces, ¿el Nonno ha estado enfermo los últimos cinco años?

–Solo estuvo un día ingresado en el hospital –le aseguró Elena–. Los médicos dijeron que tenía anginas, le recomendaron que no trabajase tanto y le recetaron una pastilla para ponerse bajo la lengua si volvía a dolerle el pecho.

–¿Y el Nonno aceptó trabajar menos?

–No le di elección –dijo Elena–. Le dije que ya había perdido a mi hijo y que no estaba preparada para perder a mi marido. Así que aceptó y delegó las responsabilidades del negocio en Emilio hasta…

–¿Hasta qué? –¿hasta que ella estuviera lista para volver a casa?

Elena agitó la mano en el aire.

–No importa. Deja ya de preocuparte, o tu abuelo empezará a sospechar y querrá saber de lo que estamos hablando.

–Y no queremos preocuparlo para evitar que le duela el pecho…

–Eso es –sonrió–. Emilio ha sido una gran ayuda. Hizo lo que se esperaba de él sin pedirnos nada a cambio.

Hasta que Carenza volvió de Londres y recibió el control de la empresa por la que él se había desvivido durante cinco años. Era lógico que se mostrase tan hostil con ella. Le había arrebatado el fruto de sus esfuerzos y ni siquiera le había reconocido el mérito.

–Vamos con el Nonno –dijo Elena–. Y no hablemos más de trabajo, por favor.

–Lo estoy haciendo muy bien en la *gelateria*, Nonna –le aseguró Carenza–. No voy a defraudar al Nonno.

–Lo sé, tesoro –afirmó Elena–. Estamos encantados de tenerte otra vez en casa.

Carenza se pasó el resto de la semana elaborando el informe DAFO que Dante le había pedido… e intentando ser amable con Emilio Mancuso a pesar de que él no se lo ponía nada fácil. Y no solo por su actitud abiertamente hostil hacia ella. Por mucho que intentara recordarse lo bueno que había sido con sus abuelos, había algo en él que le impedía congeniar. Quizá, en el fondo, le guardase un profundo resentimiento por haber sido durante cinco años el principal apoyo de sus abuelos en lugar de ella.

¿Por qué tenía que ser todo tan complicado?, se preguntó con un suspiro.

El sábado a las siete y media llamó a la puerta del despacho de Dante.

–¿Café? –le ofreció él.

Carenza necesitaba algo más que café. Por ejemplo, que le suministraran por vía intravenosa una tonelada de chocolate.

–Gracias.

–¿Cómo va el análisis DAFO?

–Bien –respondió ella, aunque le había costado muchísimo concentrarse en el informe. La revelación de Mancuso le había causado un fuerte impacto, y no podía sacársela de la cabeza ni siquiera después de haber hablado con la Nonna–. ¿Sabías que mi abuelo tuvo problemas de corazón hace cinco años?

–No.

–Si lo hubiera sabido habría venido inmediatamente.

Dante frunció el ceño.

–Pues claro.

Carenza bajó la mirada a la mesa.

–Mis abuelos ni siquiera me lo dijeron.

–Seguramente tenían sus razones.

–Según la Nonna, no querían preocuparme y apartarme de la vida que llevaba en Londres –miró a Dante–. Tenías razón sobre mí… Soy una princesa. Una niña mimada y egoísta.

–Eres una princesa y has sido una niña mimada, sí –concedió él–, pero no eres egoísta. No mucho, al menos. Y te olvidas de tus virtudes.

–¿Y cuáles son? –quiso saber. Dante arqueó una ceja, divertido–. Por favor, llevo una semana horrible, en estos momentos me desprecio a mí misma y necesito que me levanten la moral.

Dante se sentó en el borde de la mesa y la miró con ojos brillantes.

–Está bien… En primer lugar, te diste cuenta por ti misma de que no podías ocuparte del negocio tú sola y tuviste el sentido común para buscarte un buen mentor en vez de llevar la empresa a la quiebra. No te asusta trabajar duro, aprendes muy rápido y tienes un gran potencial, como me has demostrado con algunas ideas. Empiezas a pensar en la gente que trabaja para ti y a verlos como personas y no solo como empleados –esbozó media sonrisa–. Y llevas zapatos muy sexis…

Carenza lo miró furiosa.

–Eso último echa por tierra todo lo anterior. Al final todo se reduce a mi imagen y mi ropa, y estoy harta de que sea siempre así.

Él le acarició la mejilla.

–No seas tan dura contigo misma, Caz. Ese es mi trabajo.

–Claro… –sonrió–. Lo siento. Ya sé que estás bromeando y que solo intentas animarme. Soy una imbécil.

–Estás muy alterada hoy.

–Y odio estarlo, porque se supone que el sábado es el mejor día de la semana.

Porque era el día en que se veían. Carenza no lo dijo, pero lo llevaba escrito en la cara. Y Dante tenía que ser honesto con ella. No podía servirle de apoyo emocional. Él no servía para eso.

–Esto no es una relación, princesa.

–Lo sé. Son negocios.

Lo dijo en un tono tan malhumorado que Dante no pudo evitar una sonrisa.

–¿Estás diciendo que los sábados no son suficientes para ti?

–No. Y tengo que recurrir a… –se llevó una mano a la boca, roja como un tomate–. Olvídalo.

¿Olvidarlo? Por nada del mundo.

–Dime lo que ibas a decir, princesa.

–No.

Su cara era tan expresiva que no era difícil saber lo que le pasaba por la cabeza.

–¿A qué tienes que recurrir?

–A nada.

Él la agarró de las manos y tiró de ella para levantarla.

–Carenza Tonielli –le susurró al oído–, ¿estás insinuando que algunas noches te tocas pensando en mí?

Parecía imposible que se pusiera más colorada, pero así fue.

Lo que había empezado como una burla inofensiva se había transformado en algo más. Algo que casi le impedía respirar. Se sentía como si lo hubieran arrojado al Vesubio.

–Muéstramelo –le pidió.

Ella lo miró horrorizada.

–¡No puedo hacerlo delante de ti!

Claro que podía... y él iba a disfrutar mucho observándola.

–Finge que no estoy aquí –la besó–. Muéstramelo –era una petición, no una orden.

–No –negó ella, pero su voz era más ronca y profunda, cargada con el mismo deseo que él sentía.

Los dos necesitaban lo mismo.

Dante le agarró la mano, se llevó el dedo corazón a la boca y lo succionó con fuerza. A Carenza se le dilataron las pupilas y también ella pareció tener problemas para respirar.

Pero él entendía sus reparos. Estaban en su despacho. Cualquiera podría entrar de un momento a otro. Y aquello solo era para sus ojos.

–Vamos a ponértelo fácil –le dijo. Echó el pestillo de la puerta y bajó las persianas.

Carenza se mordió el labio.

–Ya sé que conoces mi...

Su pasado salvaje y alocado. En un país extranjero, donde podía hacer lo que quisiera sin miedo a que se enteraran sus abuelos.

–Sí.

–Pero nunca he… –sacudió la cabeza.

De repente, Dante supo por qué se refrenaba.

–No eres una fulana, Caz –le dijo en tono suave y amable–. Eres una mujer muy hermosa, increíblemente sexy, y me encanta cómo responde tu cuerpo al mío.

–Crees que soy tan indecente que no tengo el menor pudor en exhibirme… –parecía a punto de echarse a llorar.

–No es eso –la abrazó–. Me encanta la idea de que te toques y pienses en mí cuando estás sola. Y en estos momentos estoy más excitado que nunca –se movió para hacerle sentir la evidencia–. Tengo la cabeza llena de imágenes, pero no son suficientes. Quiero verte con mis propios ojos… –la besó en la boca–. Para que lo sepas, yo también he tenido que recurrir a mi mano derecha.

–¿Te tocas y piensas en mí? –le preguntó ella en voz baja.

–Sí. Esta mañana, en la ducha… Y otras muchas veces.

Carenza lo miró con una mezcla de asombro y complacencia.

–¿Lo ves? –dijo él–. Estás pensando en lo mismo que yo.

–Eh… sí.

–Solo estamos los dos –le atrapó el labio inferior entre los dientes–. Quiero verte desnuda y desinhibida. No porque crea que eres una mujer fácil, sino porque creo que eres la mujer más sensual que he conocido en mi vida. Y nadie me ha excitado nunca tanto como tú.

Ella no dijo nada, pero tampoco protestó cuando él le quitó la camiseta de tirantes y la dejó caer al suelo. Ni cuando le desabrochó los vaqueros y tiró de ellos hacia abajo, hasta formar un charco de tela a sus pies. Carenza permaneció en silencio ante él, en ropa interior.

—Eres preciosa —murmuró él, robándole otro beso—. Y ahora… ¿me enseñarás lo que haces cuando piensas en mí?

Ella cerró los ojos y, por unos instantes, Dante pensó que iba a negarse. Pero entonces deslizó una mano entre sus piernas, muy despacio, tímidamente. Se echó hacia atrás, apoyándose en la mesa, y empezó a tocarse.

Dante no aguantó ni un minuto antes de arrodillarse ante ella, arrancarle las bragas e imitar los movimientos de su mano con la lengua.

Ella gimió y le agarró el pelo, acuciándolo a seguir.

Él le lamió el clítoris con la punta de la lengua hasta que sintió cómo le temblaban las rodillas. Le metió un dedo, complacido con la presión de la pelvis que lo hacía profundizar más, y siguió lamiéndola mientras sentía cómo iba endureciendo el cuerpo. Al sentir los primeros espasmos atrapó el clítoris con la boca y succionó con fuerza.

—¡Dante! —pronunció el nombre en un suspiro agónico mientras las convulsiones la sacudían. Él esperó a que cesaran los temblores y entonces se levantó—. Pareces muy satisfecho contigo mismo… —observó ella en tono sarcástico.

Seguramente porque él seguía vestido y ella estaba prácticamente desnuda y muerta de vergüenza.

—Pues claro que lo estoy. Acabas de tener un orgasmo en mi boca.

–¡Dante! –una vez más se puso roja como la grana.

–Me encanta cuando intentas ser una chica mala, Caz –dijo él, riendo.

–¿Qué quieres decir con «intentar»?

–Porque no lo eres.

–¿A pesar de lo que…?

–Olvídate de Londres. Eso no importa –le acarició la mejilla–. Eres tan hermosa que me vuelvo loco con solo mirarte… Nunca le había pedido a nadie que hiciera lo que acabas de hacer.

A Carenza le resultó muy emocionante descubrir el poder de seducción que tenia sobre aquel hombre extremadamente pragmático y centrado en el trabajo. Y que él la deseaba tanto como ella.

–No me basta una vez a la semana –le confesó.

–Lo sé. A mí tampoco –la miró intensamente–. Pero no puedo ofrecerte una relación.

–Lo entiendo. Y no voy a ponerme a patalear ni a exigir nada.

–Bien –sonrió–. Hoy te he comprado una cosa que creo que te gustará.

A Carenza le dio un vuelco el corazón.

–No sé si atreverme a preguntar…

–La semana pasada me planteaste un desafío.

–¿Ah, sí?

–Sí –le dedicó su sonrisa más maliciosa–. Acompáñame arriba y te lo enseñaré.

–No esperarás que salga de tu despacho así, ¿verdad? –recogió la ropa con intención de ponérsela… y descubrió lo que hasta ese momento se le había pasado por alto–. Me has arrancado las bragas, Dante. Las has dejado completamente inservibles.

–Eh… sí, lo siento –se disculpó, aunque no parecía exactamente arrepentido–. Supongo que me pudo la impaciencia.

–Lo que significa que tendré que pasarme el resto de la tarde sin ropa interior.

–Por mí estupendo, princesa –le dio un rápido beso en los labios–. Te compraré unas bragas nuevas, ¿de acuerdo?

–Eres único para avergonzarme… No tienes que comprarme ropa interior.

–No te avergüences. He disfrutado mucho con lo que hemos hecho… –se acercó más a ella–. Siente lo que me has hecho…

Podía sentirlo. Y de nuevo le costaba respirar.

–Me encanta cuando te hago callar… –le dio otro beso–. Vamos.

Ella se vistió rápidamente y los dos salieron del despacho. Entraron en el piso de Dante y él la llevó a la cocina.

–Cierra los ojos, princesa.

–¿Por qué?

–Porque te lo estoy pidiendo. Te prometo que será divertido. Confía en mí.

¿Confiaba en él? Sí, o de lo contrario no habría pasado nada en su despacho. Sabía que no la pondría en evidencia ni la haría sentir mal. Cuando estaba con él no tenía de qué preocuparse.

Cerró los ojos y sintió que algo le rozaba en labio.

–Mantén los ojos cerrados y abre la boca –le susurró.

Ella obedeció.

–Y ahora muerde.

La boca se le llenó con el sabor de la *gianduja*, la exquisita mezcla de avellana y chocolate que tanto le había gustado desde niña.

—¿Te gusta?

—Mucho.

—Mejor que el sexo, dijiste.

Ella abrió los ojos.

—Creo que voy a disfrutar mucho tragándome mis palabras…

A Dante no le costó ni diez minutos demostrarle que el sexo con él era mil veces mejor que el chocolate. Y la obligó a admitirlo más de una vez.

—Ahora que lo hemos dejado claro –le dijo después del tercer orgasmo–, ya podemos ponernos con el informe DAFO.

Como la vez anterior, Dante llevó a Carenza a casa en moto y se negó a subir a tomar café, alegando que tenía cosas que hacer.

Pero al día siguiente Carenza recibió un email suyo que le subió el ánimo.

«¿Qué te parece si nos vemos también el miércoles?».

Y no solo para hablar de negocios… La doble intención era obvia después de lo sucedido la noche anterior.

Dante le había dejado muy claro que no podía ofrecerle una relación, pero Carenza tenía el presentimiento de que se estaba protegiendo demasiado. La cabeza tal vez lo bombardeara con razones de peso para no arriesgarse a tener algo más serio con ella, pero el cuerpo le decía todo lo contrario. Tal vez ella pudiera enseñarle que no siempre había que escuchar la voz de la razón. Que no había nada malo en intimar con alguien. Que no pasaba nada por sentir una atracción especial y actuar en consecuencia. Y que era estupendo perder el control de vez en cuando. Por dos veces se había desnudado para Dante sin que él se despeinara siquiera. Era hora de equilibrar la balanza.

Tal vez ella también pudiera enseñarle unas cuantas cosas…

Capítulo Siete

Llegó el miércoles y Carenza no conseguía avanzar con las cifras.

—No logro que me salgan las cuentas —le confesó a Dante—. Pero no soy estúpida.

—Pues claro que no lo eres.

—No entiendo el descenso en las ventas. El *signor* Mancuso opina que se debe a la crisis.

—¿Cómo se calculan los beneficios?

—Sumando las ventas y restando los costes.

—Exacto. De modo que si no puedes vender más para ganar más, tendrás que reducir costes.

—¿Insinúas que tengo que recortar personal? No puedo hacer eso, Dante. ¿Cómo pagarán sus facturas si pierden su empleo?

—Los empleados no son el único coste —señaló él—. Y recuerda que son uno de tus mayores activos. Tienes que jugar con los costes variables.

—Los que varían con el volumen de las ventas.

Dante sonrió.

—Veo que has prestado atención. ¿Qué me dices de la materia prima?

—Durante más de cien años hemos estado haciendo helados en Nápoles con los mejores ingredientes ecológicos. El Nonno dice que para producir lo mejor has de usar lo mejor. Por eso hemos trabajado siempre con los mismos proveedores.

–Durante más de cien años, ¿eh? Conviene hablar con los proveedores de vez en cuando y ver si te siguen ofreciendo el trato más ventajoso. Que fueran los mejores en el pasado no significa que lo sigan siendo.

–¿Tengo que despedir a mis proveedores a pesar de conocerlos desde siempre? –se mordió el labio.

–No estoy diciendo que te busques a otros. Solo que revises con ellas las condiciones a ver si pueden ofrecerte un trato más ventajoso que el actual. Si las cifras siguen bajando a este ritmo el negocio habrá quebrado antes de un año. Y entonces tendrás que despedir a todo el personal.

–Pero si todo se debe a la crisis, ¿no mejorará la situación cuando la economía se recupere?

–Mis restaurantes no están sufriendo los mismos problemas que tus heladerías, así que el motivo no es solo la crisis económica. Revisa tus costes, princesa.

–¿Qué sugieres que haga? ¿Llamarlos por teléfono y decir: Hola, soy Carenza Tonielli, ¿pueden darme un presupuesto?

–Sí –la miró fijamente–. Dime quiénes son tus proveedores. Les pediré un presupuesto y así podrás compararlo con el que te ofrecen a ti. Eso, junto al presupuesto de la competencia, te ayudará a bajar el precio si aún quieres trabajar con ellos. Sospecho que están ganando más de lo que les corresponde y es hora de equilibrar la balanza.

–Gracias, Dante. No sabes cuánto aprecio tu ayuda.

He preparado algo especial.

–¿Se trata de otro de tus experimentos? –le preguntó él mientras ella hurgaba en el congelador.

–Sí –respondió, riendo–. Pero este te gustará. Te

prometo que no es parmesano. Aunque estoy segura de que el helado de parmesano causaría furor en un elegante restaurante londinense.

–¿Donde se valora más la presentación que el sabor? –preguntó con una mueca–. Estamos en Nápoles, princesa. Aquí se antepone la sustancia al estilo.

Carenza sacó una cuchara del cajón y retiró la tapa del recipiente de plástico.

–Chocolate… –dijo él cuando vio el helado.

–Un chocolate mejor que el sexo –corrigió ella, dándoselo a probar.

–No. Está bueno, pero no es para tanto… Aunque quizá deberíamos llevárnoslo a la cama y compararlo con el sexo…

–No vas a ensuciar mis sábanas de *gianduja*. Sería imposible quitar las manchas.

–¿Alguna vez has hecho la colada, princesa? –le preguntó, riendo.

La respuesta de Carenza fue echarle una cucharada de helado por el cuello de la camisa.

–Eso ha sido una equivocación, princesa…

Solo necesito treinta segundos para tenerla desnuda en el dormitorio.

Diez para untarla de helado.

Y muchos más para lamérselo a conciencia.

–Tengo que ducharme –le lamió una mancha de helado del hombro–. Y tú también.

–¿Es una invitación?

–Puede ser –hizo un provocativo mohín con los labios–. ¿Qué te parece?

Dante no se hizo de rogar y la levantó en brazos para llevarla a la ducha. Al acabar se habían quedado sin agua caliente, pero Carenza lucía una sonrisa de oreja a oreja.

–¿Qué hace el dueño de un restaurante para divertirse cuando no tiene videojuegos ni televisión? –le preguntó cuando volvieron a la cama.

–Odio la telebasura. No entiendo cómo a la gente le gustan tanto esos *reality shows*.

–No solo emiten esas cosas –repuso ella–. También hay documentales, series, películas…

–Mi trabajo me ocupa casi todo el tiempo.

–Solo trabajo y nada de diversión –le batió provocativamente las pestañas.

–¿Me estás llamando soso, princesa?

–No, soso no –era demasiado dinámico para ser soso–. Pero tal vez… te estás perdiendo muchas cosas buenas.

–¿Qué haces tú para divertirte?

–No he tenido mucho tiempo para salir desde que volví a Nápoles. Pero en Londres iba mucho al cine, y luego me tomaba una copa de vino con mis amigas y comentábamos la película.

–Lo próximo que me digas será que perteneces a algún club de lectura.

–Pues no, pero sí que me gusta leer. ¿Y a ti?

–Leo la prensa económica.

–Pero ¿qué haces para divertirte? ¿Me lo vas a decir o no?

–A veces salgo a montar en bici.

–¿Ya está?

–Y a veces me acuesto con una rubia despampanante e increíblemente sexy…

Carenza sintió que le ardían las mejillas.

–Tú has preguntado, así que no te quejes –le dijo él, riendo.

–Así que soy tu principal pasatiempo…

–En estos momentos, sí.

Ella frunció el ceño.

–¿Ni siquiera vas a bailar?

–¿Te parezco un hombre que baile?

Parecía la clase de hombre capaz de interpretar un tango tan sensual que la dejara chorreando y jadeando, pero no iba a decírselo.

–Será cuestión de probarlo. ¿Vendrás a bailar conmigo el sábado por la noche?

–¿A bailar? Lo siento, princesa, pero no es lo mío.

–¿Cómo lo sabes? Nunca has bailado conmigo. Será divertido –ladeó la cabeza y le dedicó su más dulce sonrisa–. Vamos, llévame a bailar…

–Mejor no –respondió con una mueca–. Odio bailar.

Carenza suspiró.

–¿Cómo vamos a conocernos de verdad si no sabemos lo que nos gusta?

–Ya te conozco.

–No, no me conoces. Solo crees conocerme, igual que yo a ti. Pero cada vez que creo entenderte descubro otra capa. Eres un hombre complejo –lo besó en los labios–. Ven a bailar conmigo, Dante. Lo pasaremos bien, te lo prometo. Pero si estás a disgusto no tenemos por qué quedarnos –volvió a hacer un mohín–. ¿No quieres sudar conmigo?

–Se me ocurren otras maneras…

–Te divertirás más de lo que crees –le aseguró ella–. Y te garantizo que te gustarán mi vestido y mis zapatos… Esta ocasión seré yo quien te dé lecciones a ti.

–¿Qué quieres decir? –le preguntó él con el ceño fruncido.

–Voy a enseñarte a divertirte y a conocerme.

Dante se quedó pensativo.

—Por favor, Dante –insistió ella–. He trabajado muy duro y me gustaría tomarme una noche libre… Y tú trabajas aún más que yo.

—No necesito tomarme tiempo libre.

—Solo una hora, nada más… ¡Por favor!

Era difícil resistirse a aquellos ojos azules y expresivos, y Dante acabó accediendo con un suspiro.

—De acuerdo, pero este sábado no. La semana que viene.

—¡Gracias! –le echó los brazos al cuello–. Te prometo que no te arrepentirás.

—¿Cómo han ido esas cuentas? –le preguntó Dante el sábado por la noche.

—Estoy esperando los presupuestos, pero he examinado los costes variables –guardó un breve silencio–, y he encontrado algo.

—Vamos a echarle un vistazo –acercó otra silla para que se sentara junto a él.

—Si se están vendiendo menos helados, debería hacer menos y por tanto usar menos ingredientes, ¿no?

—Sí.

—Pero el hecho es que se están usando más.

Dante frunció el ceño.

—¿Estás segura?

—Sí, y no lo entiendo. No quiero preocupar al Nonno y provocarle otra angina. Supongo que debería consultarlo con Emilio Mancuso, ya que ha sido el encargado los últimos cinco años –suspiró–. Pero la última vez que le pregunté algo me dijo que no me llenara de preocupaciones mi preciosa cabecita.

—Qué idiota –masculló Dante.

–Entiendo que yo no le guste. Se ha ocupado de todo durante cinco años y de repente vuelvo yo de Londres y asumo el control de la empresa sin tener ni idea de nada. Tengo que entender que para él fue un duro golpe.

–Siempre ayuda entender a tus empleados –Dante arqueó una ceja–. Pero él a ti no te conoce en absoluto, ¿verdad?

–¿Por qué lo dices?

–Porque si te conociera, sabría que has vuelto para quedarte. Debería estar colaborando estrechamente contigo en vez de ponerte obstáculos. Es él quien debería ser tu mentor, aunque solo fuera para asegurarse de que no echas por tierra el fruto de su trabajo.

–Ya te dije que no podía pedirle que fuera mi mentor.

–¿Por no confiar en él?

–No lo sé, pero hay algo en él que me escama. Quizá sea el rencor que me guarda por haberle quitado el puesto, o quizá estoy resentida con él por haber estado junto a mis abuelos mientras yo estaba fuera… No sé, pero me siento fatal por ello –suspiró–. No sé qué hacer, Dante.

–Tómate tu tiempo y no te precipites –le aconsejó él–. Reúne toda la información, examínala a fondo y luego toma las decisiones pertinentes. Pero no corras.

Capítulo Ocho

El martes por la mañana Carenza estaba haciendo números cuando recibió una inesperada visita.

–¡Nonno! –exclamó, rodeando a su abuelo con los brazos–. Pasa. Siéntate.

Resultaba extraño que fuera ella la que estuviese detrás de la mesa, pero a él no parecía importarle.

–Veo que has hecho cambios en la decoración –observó Gino con una sonrisa.

–Es uno de los tres cuadros que me traje de la galería de Amy. Los otros dos están en mi piso.

–Es… –buscó una forma diplomática de describirlo– brillante.

Dante había tenido mucho menos tacto en su valoración. Sobre todo cuando ella sugirió decorar las heladerías con la obra de aquel artista.

–Lo siento, Nonno. Es tu despacho y no debería cambiar nada…

–Tesoro, ahora es tu despacho. Puedes hacer lo que quieras… ¿Es esto lo que tenías pensado cuando dijiste que ibas a cambiar la decoración de las heladerías? –le preguntó con evidente inquietud.

Después de los mordaces comentarios de Dante no pensaba cambiar nada.

–No, pero sí había pensado en colgar fotos antiguas de la familia. Son cinco generaciones de Tonielli las que llevamos vendiendo helados, y he pensado que a nuestros clientes les gustaría ver cómo empezó todo.

—Me parece una buena idea.

—Por eso se me ocurrió que tal vez la Nonna y tú pudierais echarles un vistazo a las fotos de la familia y escoger las que más os gusten, empezando por tu bisabuelo… –se calló un momento–. E incluyendo a papá.

—Incluyendo a Pietro –un brillo sospechoso apareció en sus ojos. Carenza sabía muy bien cómo se sentía. Cada vez que ella pensaba en sus padres se le formaba un nudo en la garganta y los ojos se le llenaban de lágrimas. Era absurdo, ya que había vivido mucho más tiempo sin ellos que con ellos, pero aun así los echaba terriblemente de menos.

—¿Te apetece un poco de café, Nonno?

—Gracias, *piccola*.

Carenza preparó café para los dos y sacó una lata de barquillos de chocolate y avellana.

—Mi vicio secreto… Sírvete.

—Gracias. ¿Cómo va todo, tesoro?

—Muy bien. Disfruto mucho con este trabajo.

—Emilio me ha dicho que le haces muchas preguntas.

Carenza advirtió un tono ligeramente cortante en la voz de su abuelo, algo inaudito, y se puso inmediatamente en guardia. ¿Estaría Mancuso intentando enfrentarlos?

—Supongo que sí… Quiero conocer el negocio a fondo, pero intentaré no molestarlo más.

—No es eso. Cree que no confías en él.

Carenza tragó saliva disimuladamente, pero no consiguió engañar a su abuelo.

—Emilio es un buen hombre, Carenza. Se ha ocupado de la empresa los últimos cinco años y ha sido mi mano derecha desde mucho antes. No se merece que lo trates así.

Ella no estaba tan segura, pero no podía basar sus acusaciones en una sospecha.

–He oído que estás viendo a Dante Romano…

–Es mi consultor –explicó ella. Su abuelo no necesitaba saber el resto.

–¿Sabes que quiso comprar la empresa?

–Sí, y por eso le pedí a él que me ayudara. Ya sabes lo que dicen… Mantén cerca a tus amigos, pero más cerca a tus enemigos –aunque no se podía decir que Dante fuera precisamente su enemigo.

Gino arqueó una ceja.

–Ten cuidado, tesoro.

–¿Me estás previniendo contra él?

–En temas de trabajo, no. Pero no vayas a perder la cabeza por él. En cuanto percibe intenciones matrimoniales en una mujer, la abandona.

–Yo no soy su novia.

–Aun así, ten cuidado. Y no vayas a romperle el corazón tú tampoco.

–¿Qué quieres decir? –le preguntó ella, dolida.

–No eres una persona a la que le guste el compromiso.

¿Sabía su abuelo lo que había pasado en Londres el año anterior? Si Dante lo sabía, cualquier otro podría descubrirlo también y contárselo a su abuelo. Dante jamás la traicionaría de aquella manera, pero si Mancuso sospechaba algo…

–No lo entiendo, Nonno.

–Para un hombre sería muy fácil enamorarse de ti, tesoro. Eres preciosa, dulce y encantadora. Pero ya tienes veintiocho años y aún no has encontrado a un hombre con el que quieras sentar cabeza. Dante Romano lo pasó muy mal de niño…

–¿Qué quieres decir con que lo pasó muy mal, Nonno? –la verdad era que no la sorprendía. Aquello explicaba por qué Dante era tan reservado e inaccesible.

Gino sacudió la cabeza.

–No me corresponde a mí hablar de ello.

Y seguro que Dante tampoco se lo contaría.

–Me dijo que le diste una oportunidad cuando era joven.

–Le ofrecí un trabajo –respondió Gino, como quitándole importancia.

–Tengo la impresión de que fue más que eso.

–Y algunos consejos cuando compró el primer restaurante.

–Exacto. Él siente que está en deuda contigo. Por eso me está orientando.

–Entiendo. Bueno, sea como sea, ten cuidado.

El miércoles por la noche, cuando fue a la oficina de Dante, este puso un presupuesto delante de ella.

Carenza lo examinó por encima y ahogó un gemido de asombro.

–Pero… esto es mucho menos de lo que me cobran a mí.

–Eso fue lo que pensé.

–¿Por eso el negocio va cuesta abajo?

–Podría ser uno de los motivos –corroboró él–. Pero lo que de verdad me preocupa es lo que me dijiste el sábado sobre los suministros. Es inconcebible que estos aumenten cuando se están vendiendo menos helados. Tu negocio no es como una panadería en la que hay que tirar el pan y los pasteles que no se venden porque se ponen duros. Por definición, en una heladería se dispensan productos helados. Y estos no se echan a perder de un día para otro. A menos que se averíe el congelador, y en ese caso tus pérdidas estarían aseguradas, no hay ningún motivo para tirar los helados que sobran al final de cada día.

Carenza asimiló lentamente sus palabras.

—¿Crees que alguien nos está estafando?

Dante guardó silencio.

—¿Mancuso?

—No lo sé.

—¿Pero por qué?

—De momento no tengo ninguna prueba —dijo Dante—, pero yo de ti vigilaría de cerca todo el proceso de elaboración. ¿Cuándo se entregan los ingredientes y quién se encarga de cotejar las entregas con las facturas?

—No estoy segura. ¿Crees que puede haber facturas falsas? ¿O que Mancuso está encargando más ingredientes de los necesarios y que luego vende los excedentes en otra parte?

—Es posible. ¿Adónde va el helado sobrante?

—No lo sé. Y debería saberlo —sacudió la cabeza—. No puedo imaginarme a Mancuso haciendo algo así… El Nonno confía en él.

—No sabemos si es él. Y no puedes acusarlo sin pruebas.

—¿Podría tratarse de otra persona? —se mordió nerviosamente el labio—. ¿Sabías que el Nonno les da a sus empleados una paga extra a finales de noviembre para que puedan comprar con tiempo los regalos de Navidad? Casi todos llevan años trabajando para la empresa. ¿Por qué iba alguno querer traicionarnos?

–Regla número uno en los negocios: no confíes en nadie.

–Pero… eso es horrible.

–No seas ingenua, Caz.

Carenza apoyó los codos en la mesa y la cara en las manos.

–¿Cómo voy a decírselo al Nonno?

–Espera a tener pruebas antes de tomar una decisión.

–¿Sabes lo que hizo Mancuso? Fue a ver al Nonno y se quejó de que yo no confiaba en él.

–Y es la verdad –señaló Dante–. Supongo que a Gino no le hizo mucha gracia…

–No. Ayer fue a verme a la oficina y me dijo que Mancuso no se merecía ese trato –también la había prevenido contra Dante, pero eso no iba a decírselo.

–Será mejor que te andes con cuidado, princesa. ¿Crees que Mancuso está detrás de todo esto?

–No lo sé. Por una parte creo que está resentido conmigo porque siente que le he arrebatado el puesto al frente de la empresa. Le habría gustado seguir al mando y que yo solo fuera una cara bonita que se pasea por ahí con tacones de diseño. Pero soy algo más que unos zapatos. No quiero ser una mera figura decorativa. Quiero dirigir la empresa y que la gente me tome en serio –volvió a suspirar–. Supongo que tendré que hacer las paces con Emilio Mancuso.

–Como ya te he dicho, no tomas decisiones precipitadas. Sé cortés, pero no bajes la guardia.

Igual que hacía él…

–¿Sigue en pie lo del baile del sábado?

Dante torció el gesto, como su hubiera confiado en que a ella se le olvidara.

–Me temo que sí.

–Estupendo, porque en estos momentos es lo que más necesito.

–Conozco una forma muy eficaz para liberar tensión…

–Lo sé –dijo ella, pero también sabía que Dante no le permitiría acurrucarse contra él una vez saciada la pasión carnal. Ni que se quedara a pasar la noche.

Carenza debía encontrar la manera de persuadirlo para que se dejara llevar por lo que había entre ellos. Sabía que era posible, pero Dante era extremadamente cabezota y hasta que pudiera vencer su resistencia iba a tener que refrenarse.

Temporalmente…

¿No decían que la ausencia estimulaba el deseo? Tal vez la abstinencia provocase el mismo efecto…

–Será mejor que te deje tranquilo. Nos vemos el sábado… *Ciao* –lo besó brevemente y se marchó, antes de sucumbir a las hormonas y dejar que la llevase a la cama.

Dos días después empezó a pensar que quizá hubiese cometido un error al darle tiempo a Dante para que reflexionara y que tal vez lo hubieran invadido las dudas, sobre todo en ir a bailar con ella el sábado por la noche. Se le ocurrió entonces dejarse caer por su oficina, sin avisar, con una caja de *gianduja* y el pretexto de querer consultarle algunas dudas que se había inventado.

Al presentarse el encargado le comunicó que Dante no estaba allí.

–Pero la *signora* Ricci quizá pueda ayudarla –añadió.

Carenza pensó que se refería a la secretaria de

Dante. Él nunca le había hablado de ella, y ella no conocía a su personal al no haber ido nunca a su oficina en horas de trabajo.

Llamó dubitativamente a la puerta.

–¿*Signora* Ricci?

La mujer sentada a la mesa tenía cuarenta y pocos años y lucía una imagen impecablemente arreglada. Carenza tuvo el presentimiento de que era la típica secretaria celosa y terrible que protegía a su jefe de cualquier interrupción.

–¿Puedo ayudarla? –preguntó la *signora* Ricci, levantando la vista.

–Estoy buscando a Dante.

–Me temo que no se encuentra aquí. Si lo desea, puedo dejarle un mensaje.

–No es necesario, ya le escribiré un email –esperó un momento y le tendió la caja–. Pero ¿podría darle esto de mi parte?

–¿De parte de quién?

–Oh, disculpe mis modales. Soy Carenza Tonielli. La… aprendiz de Dante.

–Ah, así que tú eres Carenza.

¿Dante le había hablado de ella a su secretaria? ¿Qué le habría dicho?

Respiró profundamente.

–Le estoy robando mucho tiempo y he querido traerle un poco de chocolate para agradecérselo. Ya sé que es poca cosa, pero… no se le pueden enviar flores a un hombre e invitarlo a cenar cuando es dueño de una cadena de restaurantes, ¿no le parece?

La *signora* Ricci asintió. Su expresión se suavizó un poco y Carenza decidió arriesgarse.

–Quizá sea usted la persona indicada para ayudarme. ¿Puede darme alguna pista sobre las cosas que le gustan a Dante? ¿Puedo pedirle algo… y rogarle que no le diga nada?

–Eso depende –respondió Mariella con cautela.

–Ha sido mi mentor y me está enseñando a ser una próspera mujer de negocios. A cambio quiero enseñarle yo algo. Quiero enseñarle a divertirse.

–Antes tendrá que conseguir que deje de trabajar tanto.

–De eso se trata. Conociendo a Dante sé que trabajará el día de su cumpleaños, que es dentro de poco, y me preguntaba si habría la posibilidad de cambiar sus reuniones a la semana siguiente… sin decirle nada.

–¿Y qué se propone hacer con él exactamente? –le preguntó Mariella con curiosidad.

Carenza se lo explicó y Mariella esbozó una sonrisa.

–Necesitaré su pasaporte. No puedo pedirle que lo lleve con él en todo momento. Ah, y también está la cuestión del equipaje…

–Yo me encargo de eso –le prometió Mariella–. Dime lo que necesitas y me aseguraré de tenerlo todo preparado bajo mi mesa.

–Genial. Muchas gracias.

–Una cosa más. Dante siempre pasa su cumpleaños con su familia.

Carenza no había pensado en aquel detalle.

–Supongo que tendré que consultarlo antes con ellos.

–No puedo darte el número de su madre, pero… si me dejo la agenda abierta mientras voy al lavabo no podré evitar que seas una cotilla y eches un vistazo al ordenador, ¿verdad?

Carenza se echó a reír.

Capítulo Nueve

El sábado a las diez en punto de la noche, Dante se bajó del taxi frente a la casa de Carenza. Si alguien le hubiera dicho unas semanas antes que estaría deseando verla y bailar con ella, se habría echado a reír.

«Te gustarán mi vestido y mis zapatos».

Estaba seguro de una cosa: iba a disfrutar mucho quitándole lo que llevara puesto. Y también ella...

Aún seguía molesto por el beso de despedida que le había dado el miércoles. Un beso breve y despreocupado, como si él no le importara en absoluto. Su reacción era absurda. Él no quería tener una relación con ella. No quería que se acercara demasiado ni perder el férreo control de sus emociones.

—Contrólate —se obligó a sí mismo mientras llamaba a la puerta.

Carenza le abrió inmediatamente y a Dante casi le llegó la mandíbula al suelo. Llevaba los tacones más altos que hubiera visto jamás, un vestido corto y ceñido en los lugares adecuados y el pelo suelto e increíblemente sexy.

—¿Qué te parece si nos olvidamos del baile y le digo al taxista que nos lleve a casa? —le sugirió él con una voz ronca y cargada de deseo.

Ella se rio.

—Ni hablar. Estoy deseando bailar —los ojos le brillaban de malicia—. Te dije que te gustaría mi vestido.

–Me gustaría más quitártelo.

–La paciencia es una virtud… y muy ventajosa en los negocios.

–¿Ah, sí? –tenía el presentimiento de que la espera iba a ser tan larga como angustiosa–. Dime que ese club al que vamos no está lleno de adolescentes.

–Pues claro que no –lo tranquilizó ella, riendo–. Somos demasiado mayores para esos locales.

–Entonces ¿adónde vamos?

–A un sitio donde pongan música decente.

Era obvio que no pensaba decírselo. Peor aún, cuando la siguió al interior del taxi ella ya le había dado la dirección al taxista.

El taxi se detuvo frente a un edificio de aspecto destartalado y nada prometedor.

–¿Cuándo fue la última vez que viniste a este sitio? –le preguntó Dante.

–Hace tres años. Pero Lucia, mi mejor amiga, me ha asegurado que sigue estando igual.

–¿Y por qué no has venido a bailar con ella?

–Porque está embarazada de seis meses y a estas horas ya lleva rato durmiendo.

Dante le abrió la puerta, pagó la entrada y se le cayó el alma a los pies al oír la música. No era ni mucho menos de su agrado, pero le había prometido a Carenza que la llevaría a bailar y tendría que hacer honor a su palabra. Al menos no le había mentido al decir que irían a un local para gente de su edad. Estando rodeado por gente de veinticinco años para arriba no se sentía tan fuera de lugar.

–¿Qué te apetece beber?

–Agua mineral, por favor –respondió ella, y sonrió al ver su cara de asombro–. Vamos a bailar. No quiero deshidratarme.

–Está bien.

Ella lo llevó a la pista de baile y Dante advirtió las miradas de admiración y envidia que les lanzaban los hombres.

Aquel ambiente estaba muy lejos de ser el suyo. Se había pasado la juventud trabajando y empleando el tiempo y las energías en levantar y afianzar el negocio. Había salido con amigos y con muchas chicas, naturalmente, pero siempre cortaba con ellas antes de que las emociones entraran en juego.

Y en aquellos momentos se lamentaba no haber prestado más atención durante su adolescencia, porque no sabía cómo comportarse en una discoteca.

Carenza, en cambio, parecía desenvolverse como pez en el agua. No dejaba de sonreír ni de agitar los brazos y era obvio que se lo estaba pasando en grande.

–Vamos, sigue el ritmo –lo animó ella–. Creía que todos los italianos tenían sentido del ritmo.

–Este italiano no –hizo una mueca–. ¿Podemos irnos?

–Acabamos de llegar, Dante –le acarició la cara–. Ya sé que te dije que nos iríamos si te sentías incómodo, pero ni siquiera te has dado una oportunidad. Relájate y sigue a los demás… –lo acercó más a ella–. Sígueme a mí.

Dante no estaba acostumbrado a seguir a nadie más, pero hizo lo que ella le decía e imitó sus movimientos. Sorprendentemente, descubrió que le gustaba. No tanto el baile en sí como el entusiasmo que brillaba en el rostro de Carenza.

Aquello era lo que le gustaba. Lo que la hacía resplandecer. Y una voz en su cabeza le dijo que él también quería hacerla brillar así.

Le puso las manos en las caderas y sincronizó los movimientos con los suyos. Ella sonrió aún más y él empezó a relajarse.

Pero entonces sintió un escalofrío en la columna. Se giró automáticamente y vio a un hombre en la barra que le estaba gritando a su novia. No podía oír las palabras por encima de la música, pero la expresión del hombre hablaba por sí sola. Dante había visto muchas veces aquella horrible mueca en el rostro de su padre… justo antes de que le levantara la mano a su madre.

Maldijo en silencio. No podía quedarse allí parado sin hacer nada.

–Hay un problema –le dijo a Carenza al oído–. ¿Puedes ir a la salida y decirle a uno de los porteros que venga inmediatamente al bar?

–Pero, Dante…

–Hazlo, Caz –la apremió él. No había tiempo para explicaciones.

Llegó junto a la pareja justo cuando el hombre levantaba la mano para golpear a la mujer.

–¿Hay algún problema?

El hombre lo miró y escupió una palabrota.

–No te metas. Esto no va contigo.

Arrastraba las palabras al hablar, señal de que estaba borracho. Dante no iba a consentir que se pasara de la raya.

–Te equivocas. Si un cobarde le pega a una mujer, sí que va conmigo. Déjala en paz.

El hombre miró a la mujer y luego a Dante. Su expresión se tornó más amenazadora.

–¿Eres tú uno de sus amiguitos?

–No he visto a tu pareja en la vida, pero no se trata de eso. No puedes pegarle a una mujer.

–Se lo tiene merecido.

–Nadie se merece que le peguen. La violencia no resuelve nada.

–¿Quieres recibir tú en su lugar? –le espetó el hombre, y le lanzó un puñetazo lento y torpe.

Dante había aprendido muchos años antes a bloquear ataques más rápidos y certeros. En cuestión de segundos había retorcido el brazo del hombre a su espalda y lo tenía aprisionado contra la barra. Sería demasiado fácil retorcérselo hasta que le crujiera el hueso y el brazo le quedara inutilizado para siempre. No sería la primera vez que Dante lo hiciera…

Pero no podía sucumbir a la ira asesina que le hervía la sangre. Se refrenó y se limitó a inmovilizar al hombre, sin hacerle daño.

–No ha sido muy buena idea –le dijo.

Un hombre alto y fornido se materializó junto a él.

–¿Qué pasa aquí?

–Este tipo está borracho e iba a golpear a esta señorita –señaló con la cabeza a la mujer que se encogía junto a la barra–. Creo que necesita despejarse un poco…

El portero asintió.

–Yo me encargo. Gracias por haber intervenido.

–No hay de qué –Dante se hizo a un lado y dejó que el portero se llevara al borracho–. ¿Se encuentra bien? –le preguntó a la mujer.

Estaba temblando.

–Gracias –susurró–. Pero no puede ir a la cárcel. Mañana…

–Escuche, no tiene por qué soportar que la trate así –sacó una tarjeta de visita del bolsillo y escribió un número en el dorso–. Llame a este número. Allí la ayudarán. ¿Tiene hijos?

Ella asintió.

–También ayudarán a los niños.

Carenza vio como Dante escribía algo en el dorso de lo que parecía una tarjeta de visita y sintió un escalofrío en la espalda. Pero enseguida se recordó que Dante había ido al club con ella y que no se le ocurriría ponerse a ligar con otra mujer. Ignoraba lo que había ocurrido, aunque el portero al que había avisado en la puerta estaba arrastrando a la fuerza a un hombre.

Dante se giró, la sorprendió observándolo y dejó a la otra mujer sin decir palabra para acercarse a ella.

–¿Todo va bien? –le preguntó Carenza.

–Sí –respondió, pero la dureza de su rostro la inquietó–. Salgamos de aquí.

–Ese hombre… ¿te ha agredido o algo?

–No.

Pero entonces, ¿qué había ocurrido? ¿Por qué de repente Dante parecía tan disgustado?

–¿Conoces a esa mujer?

–No. ¿Podemos irnos, por favor? –su voz era seca y cortante.

Ella desistió de seguir preguntándole y lo siguió a la salida.

–Vamos a alejarnos del club –sugirió ella suavemente, y lo tomó de la mano para echar a andar.

Él caminó a su lado, pero parecía estar muy lejos de allí.

Al final de la calle había un bar. No era gran cosa, pero al menos sería más tranquilo que el club. Carenza lo hizo entrar y sentarse, le pidió un agua con gas y llamó a un taxi. Alargó el brazo sobre la mesa y entrelazó los dedos con los suyos, pero él seguía en silencio. Carenza nunca lo había visto en un estado tan taciturno y empezó a preocuparse.

Cuando el taxi los llevó a su casa, supo que si lo invitaba a subir él se negaría y se marcharía a rumiar su amargura en soledad. Y ella no estaba dispuesta a permitírselo. Le gustase o no, iba a tener que hablar con ella.

—¿Me acompañas a la puerta? —le preguntó.

—Claro.

Tal y como esperaba, los impecables modales de Dante lo hicieron bajarse del taxi en primer lugar. Antes de salir, Carenza le entregó un billete al taxista.

—En cuanto me haya bajado váyase, por favor.

—¿Y el cambio?

—Quédeselo —el dinero no importaba. Dante, sí.

—Gracias —dijo el taxista, e hizo exactamente lo que ella le había pedido.

—¿Pero qué…? —empezó a mascullar Dante cuando vio alejarse el taxi.

—A mi cocina. Ahora —dijo ella en tono firme y decidido.

Una vez que lo tuvo sentado en la mesa de la cocina, Carenza calentó un poco de leche, le añadió azúcar y canela y le puso la taza delante.

—Te sentará mejor que un café a estas horas —le aseguró—. Bebe.

Él hizo una mueca, pero obedeció.

—Lo siento —dijo.

—Ya lo sé —tampoco ella había querido que la velada acabara convirtiéndose en una pesadilla para él—. ¿Conocías a esa mujer?

Dante negó con la cabeza.

—Nunca la había visto.

Carenza necesitaba saber la verdad.

—Te vi escribiéndole algo en una tarjeta.

—Era el número de un refugio.

—¿Cómo sabes tú el número de un refugio?

Para él era muy difícil hablar de ello. Pero le debía la verdad a Carenza.

—Lo financio.

—¿Lo financias?

—Con donativos.

—¿Y por qué donas dinero a…? —empezó a preguntar ella, pero entonces recordó lo que su abuelo le había contado sobre la infancia tan dura que tuvo Dante. El hecho de que no tuviera ninguna foto de su padre en casa… De repente todo encajaba—. ¿Por eso no dejas que la gente se acerque a ti?

—¿Qué? —exclamó él, horrorizado—. Te estás precipitando con tus conclusiones.

—No, no lo hago. El Nonno me dijo que lo pasaste muy mal de niño. No me contó nada más —le aseguró rápidamente—, pero si ahora te dedicas a financiar refugios sociales debe de ser porque en algún momento de tu vida esos refugios ayudaron a alguien que conocías. Y si ocurrió cuando eras niño, ese alguien debió de ser tu madre.

Dante arrugó el rostro y ella le agarró la mano.

—Lo siento. No quería reabrir viejas heridas. Solo quiero entenderte.

—Ojalá fueras una princesa con la cabeza hueca —murmuró él—. Así no te habrías dado cuenta de nada.

—Por eso fuiste a rescatar a esa mujer. Porque ya habías presenciado antes esa situación.

—Sí —tragó saliva—. No quiero hablar de esto, Caz. De verdad que no. Déjalo ya, por favor.

Fue su ruego lo que hizo que dejara de preguntarle. Se levantó y rodeó la mesa para envolverlo con sus brazos.

–Siento mucho que esta noche haya desenterrado tus malos recuerdos. Tenía que ser una noche para divertirnos… los dos juntos.

–No es culpa tuya. No podías saber que esto iba a ocurrir.

–¿Crees que la mujer estará bien?

Dante se encogió de hombros.

–El primer paso es el más difícil. Si tiene el valor de llamar al refugio recibirá la ayuda que necesita.

Carenza no iba a intentar sonsacarle más información. Era un trauma demasiado doloroso para Dante, y además él le había pedido que no insistiera. De modo que se limitó a abrazarlo y a intentar transmitirle sus ánimos y apoyo.

Finalmente él se movió y la acomodó en su regazo para besarla.

–Gracias… Por no juzgarme ni presionarme…

Sus conmovedoras palabras hicieron que se le formara un nudo en la garganta y que no pudiera responderle. Lo único que pudo hacer fue besarlo. Un beso suave y delicado que, como siempre, fue creciendo en intensidad y pasión hasta que los dos estuvieron desnudos en su cama. Pero cuando Dante se introdujo en ella fue el acto más dulce y tierno que hubieran compartido. Carenza nunca había hecho el amor de aquella manera, y en aquel momento supo que se estaba enamorando de él. Aquello no era solo sexo. Era algo especial y maravilloso que unía algo más que sus cuerpos y que la llevó a hacerle una pregunta nada más acabar.

–¿Te quedarás esta noche? –enseguida lamentó

habérselo preguntado, porque él volvió a colocarse la máscara.

–Es mejor que no –respondió, pero su tacto era más suave que nunca mientras le acariciaba la mejilla–. No te levantes. Tienes un aspecto adorable…

Carenza pensó brevemente en insistirle, pero no quería romper el nuevo y frágil entendimiento al que habían llegado. Quería reforzarlo.

–De acuerdo, pero llámame después.

–Sí –una expresión de intenso anhelo cruzó brevemente su rostro. Pero de nuevo volvía a ser el hombre de negocios taciturno y reservado y no iba a sucumbir a los sentimientos. De momento.

Carenza oyó cerrarse la puerta y el corazón se le encogió de dolor al pensar en la infancia de Dante. Tener un padre cruel y violento era mucho peor que no tener padres, como era su caso. Al menos ella siempre había tenido el amor y la protección de sus abuelos, mientras que Dante había vivido una oscura pesadilla.

Nada le gustaría más a Carenza que arrojar un poco de luz en su vida.

Capítulo Diez

A la mañana siguiente llamaron al timbre de Carenza. Pensando que sería Dante, apretó el botón con un arrebato de excitación.

–¿Diga?

–¿*Signorina* Tonielli? –la voz era de un desconocido y sumió a Carenza en una profunda decepción–. Traigo una entrega para usted.

Abrió la puerta y se encontró con un enorme ramo de flores blancas.

Firmó el recibo con una sonrisa y abrió la tarjeta, aunque ya sabía quién se las había enviado.

«Lo siento. D».

Hundió la nariz en el ramo para aspirar su fragancia y pensó en llamarlo para darle las gracias, pero se le ocurrió una idea mejor. Mucho más apropiada para una soleada mañana de domingo.

Media hora más tarde estaba entrando en el despacho de Dante.

–Hola –la saludó él, levantando la vista del ordenador.

–Las flores eran preciosas y he querido venir a darte las gracias como es debido –se sentó en el borde de la mesa, se subió las gafas de sol a la cabeza y se inclinó para besarlo–. Pero no tenías por qué hacerlo. No hay nada que disculpar.

Dante ahogó un gemido.

—Confío en ti, Dante. Confío plenamente en ti.

Dante vio su expresión sincera y honesta y sintió un nudo en el pecho.

—¿Cómo puedes confiar en mí?

—Porque eres un buen hombre. Mira lo que has hecho por mí sin conocerme de nada. Me has ayudado a levantar el negocio de mi abuelo. Ayudas a las personas necesitadas sin esperar nada a cambio. Eres mucho más de lo que crees, Dante Romano.

Volvió a besarlo y en esa ocasión él la sentó en su regazo y se perdió en el calor y la dulzura de su boca. Era como si Carenza estuviera sanando sus heridas más profundas.

—Ya sé que estás ocupado, pero tengo una proposición que hacerte —le susurró ella.

El cuerpo de Dante empezó a responder por su cuenta.

—¿Será una proposición parecida a la primera que me hiciste?

Ella se puso colorada y él no pudo evitar una sonrisa.

—¡Yo no te hice ninguna proposición! —protestó.

—¿No, princesa? Si mal no recuerdo, me pediste que fuera tu tutor a cambio de pagarme en... especias.

Carenza entornó amenazadoramente la mirada.

—Malinterpretaste mis palabras —le dijo, pero sus ojos brillaban cálidamente.

—Y entonces te quitaste la camiseta.

—Porque tú me lo dijiste.

—Y Carenza Tonielli acepta que cualquiera le dé órdenes —repuso él en tono sarcástico—. No, princesa. Lo hiciste porque querías hacerlo.

—¿Y quién me pidió que lo acompañara a casa

para acostarme con él? –preguntó ella, riendo–. Eso sí que fue una proposición.

Dante se removió en la silla.

–Tienes razón… ¿He de cerrar la puerta?

–No, no iba a hacerte ese tipo de proposición –respiró hondo–. Ayer las cosas no salieron como planeamos, y me gustaría volver a intentarlo. ¿Puedo secuestrarte durante… digamos, un par de horas? –le sonrió–. Y si puedo ayudarte a recuperar el tiempo perdido, estaré encantada de ponerme luego a tus órdenes.

A Dante se le derritió el corazón. Carenza no sabía nada de las franquicias y no podría servirle de ayuda, pero su disposición acabó por desarmarlo.

–Dos horas.

–Mientras haga sol.

Dante pensó en negarse, pues tendría que trabajar hasta muy tarde para recuperar las horas perdidas. Pero su boca y su cuerpo tenían otras ideas…

–Soy todo tuyo, princesa.

–Así me gusta.

Lo llevó a la Villa Comunale, el mayor parque público de Nápoles, con vistas al mar. Dante se sorprendió al descubrir lo mucho que disfrutaba paseando con ella de la mano, entre la exuberante vegetación, las fuentes y las estaturas. Nunca se había concedido el tiempo para hacer algo así.

Al llegar a la pista de patinaje, Carenza se quitó las gafas de sol y lo miró fijamente a los ojos.

–Te desafío.

–Nunca he patinado.

–En ese caso, tendré que enseñarte.

–Si me caigo tendrás que compensarme con un beso de verdad –le advirtió él con una sonrisa.

–Trato hecho –le dio un ligero beso en los labios y alquiló patines para los dos.

–Veo que ya has hecho esto antes –observó él mientras ella giraba sobre sí misma.

–Mis abuelos me traían a patinar cuando era niña. Supongo que es como montar en bici o nadar. Una vez que aprendes no se te olvida.

Dante se cayó dos veces, pero ella no se rio ni burló de él. Lo ayudó a levantarse y lo animó a seguir intentándolo. Al final de la sesión los dos estaban patinando juntos y Dante disfrutaba tanto como ella.

Las dos horas pactadas se convirtieron en cuatro, ya que habría sido muy descortés no invitarla a comer después del patinaje en uno de los pequeños cafés con vistas al mar.

–Gracias –le dijo cuando volvieron a la oficina.

–¿Por qué?

–Por enseñarme a divertirme. Lo he pasado muy bien.

–Ha sido un placer –no se lo decía por decir. Su rostro irradiaba un entusiasmo desbordado por la certeza de haberle ofrecido algo especial–. Será mejor que te deje trabajar…

–Sí –extrañamente, el trabajo no le parecía tan importante como de costumbre. Lo cual debería ser inquietante. Él no se podía permitir ninguna distracción–. Te llamaré. Y nos veremos el miércoles para nuestra cita semanal… –en caso de que pudiera permanecer lejos de ella tanto tiempo.

Al final lo consiguió, aunque con mucho esfuerzo y teniendo que superar varios mensajes de texto y una conversación telefónica bastante subida de tono.

Pero el miércoles, cuando se presentó en la oficina de Carenza, vio que tenía los ojos rojos e hinchados por haber estado llorando.

Si había algo que no podía soportar era ver llorar a una mujer. La rodeó con los brazos y la apretó con fuerza.

—¿Qué ha ocurrido?

—Lo siento. Tendría que haber cancelado la cita. Esta noche no tengo la cabeza para pensar en los negocios.

—No importa. ¿Qué ocurre, Caz?

—Mis abuelos…

Dante recordó lo que le había contado de los problemas de salud de su abuelo.

—¿Gino está enfermo?

—No… —estaba temblando e intentaba contener las lágrimas, pero se le escapaba algún que otro sollozo—. Mis abuelos ingleses… Me han enviado unos archivos… Estaban limpiando el desván y encontraron unas viejas películas de las que nadie se acordaba.

—¿De tus padres?

Ella asintió.

—Las filmaron cuando yo tenía dos años y me llevaron a Cornwall. Mis abuelos las pasaron a soporte digital y me las enviaron hoy por email —se apartó de sus brazos y señaló la pantalla del ordenador—. He hecho una copia en DVD para el Nonno y la Nonna. Pero antes la he visto y… —ahogó otro sollozo—. Quiero mucho a mis abuelos. Nadie podría haberme criado mejor. Pero no es lo mismo que tener a mis padres…

—¿Qué edad tenían tus padres al morir? —le preguntó él dulcemente.

—Mi madre tenía veintiséis y mi padre, veintiocho… los mismos que tengo yo ahora. Eran muy jóvenes. Y todo por culpa de un animal que conducía una motocicleta a toda velocidad. Es tan… tan absurdo…

Dante nunca la había visto tan dolida. Se acercó a ella y volvió a abrazarla para que llorase contra su pecho.

–¿Has dicho que la has grabado en un DVD? –le preguntó mientras los sollozos se iban apagando–. Olvídate del trabajo. Vamos a verla juntos.

–Pero tú odias las películas.

–Esto es diferente. Es una película de tu infancia, y creo que en estos momentos necesitas verla con alguien. Verla en solitario sería demasiado doloroso.

A Carenza le costaba creer lo tierno y considerado que estaba siendo con ella. Por un instante se preguntó si se estaría enamorando de ella, igual que ella de él, pero enseguida desechó la posibilidad por absurda. Únicamente estaba siendo amable y atento, ofreciéndole su apoyo para superar un momento difícil. Así era Dante.

Lo subió en silencio a su piso e introdujo el disco en el reproductor. Se sentaron en el sofá y Dante la abrazó para que se acurrucara contra él.

–Tu madre era muy guapa –dijo–. ¿Cuántos años tenía en esta película?

–Veintidós.

–Era muy joven.

–Conoció a mi padre en la universidad, en Roma. Se enamoraron enseguida y al poco tiempo nací yo. No pensaban tener hijos tan pronto y mi madre no pudo acabar sus estudios, pero estaban encantados porque se tenían el uno al otro y me tenían a mí. Mi madre se quedó en Italia para estar con mi padre.

–Parecen muy felices juntos.

–Lo eran… Cuando fui a Inglaterra mis abuelos se llevaron un shock al verme. Fue como si hubieran visto al fantasma de mi madre. La Nonna les había enviado muchas fotos, pero la impresión por verme en persona fue demasiado grande –se secó las lágrimas–. Mi último cumpleaños fue una pesadilla. Cumplía veintisiete años… Es decir, que ya era mayor de lo que era mi madre al morir.

–Tuvo que ser muy duro.

–Me descontrolé un poco –confesó ella–. Pero eso ya lo sabes.

–No lo sé todo –le acarició el pelo–. ¿Te metiste en las drogas?

Carenza negó enérgicamente con la cabeza.

–De ningún modo. Lo que hice fue salir todas las noches y bailar hasta las tres de la mañana. Bebía mucho champán. Supongo que quería aprovechar la vida al máximo –sorbió por la nariz–. Y me acosté con muchos hombres…

–Eso ya lo sabía –le dijo él sin el menor reproche en su voz–. Y ahora entiendo por qué lo hiciste. Supongo que yo habría reaccionado igual.

A Carenza se le formó un doloroso nudo en el pecho.

–Esa fue otra razón por la que no salí con nadie el año pasado. Quería volver a respetarme a mí misma.

–¿Y lo has conseguido?

–No lo sé.

–Tus padres estarían muy orgullosas de la mujer en la que te has convertido, Caz –le susurró él.

–¿Eso crees? –el nudo de la garganta casi le impedía articular palabra.

–No lo creo. Lo sé. Al mirar lo que has conseguido este último mes yo también me siento orgulloso de ti.

No solo fueron las palabras, sino su tono de absoluta sinceridad y confianza lo que la hizo llorar de emoción. Al acabar, había empapado con sus lágrimas la camisa de Dante.

—Lo siento.

—No pasa nada. Quédate aquí —le dio un rápido beso y la dejó acurrucada en el sofá. Al volver le traía una taza de leche caliente con canela, lo mismo que ella le preparó a él cuando le confió parte de su traumático pasado.

El gesto volvió a hacerla llorar.

—Eres muy bueno conmigo, Dante.

—Puedo ser muy bueno… a veces —dijo con una sonrisa irónica.

—Cuando no te comportas como un magnate arisco e intratable —ahogó un pequeño gemido—. Lo siento, ya sé que no pediste nada de esto —ni le había pedido ser su mentor ni ser su amante.

Y sin embargo, allí estaba. Dispuesto a ofrecerle todo el consuelo y ayuda que necesitaba.

—Dante, ya sé que es mucho pedir, pero… ¿te quedarías conmigo esta noche?

Quedarse con ella…

Dante sabía que era una mala idea. Si las cosas seguían igual, acabaría sintiendo por ella algo más que deseo.

¿A quién pretendía engañar? Ya sentía por ella mucho más que deseo. De lo contrario le daría alguna excusa para irse, le diría que volvería cuando se sintiera mejor y se limitaría a hablar de negocios con ella. Pero no era así. La había abrazado fuertemente mientras veían la película de su infancia, igual que ella lo había abrazado el sábado por la noche mientras él revivía su pasado.

No quería sentirse vulnerable ante ella, pero no podía dejarla sola. En aquellos momentos estaba completamente indefensa y lo necesitaba de verdad.

Dante tenía una regla sagrada, y era no pasar nunca la noche con una mujer. Pero por Carenza estaba dispuesto a infringirla.

–Sí, me quedaré contigo.

Capítulo Once

El martes a las siete y media de la mañana llamaron a la puerta del despacho de Dante. Levantó la mirada y frunció el ceño al ver a Carenza. No recordaba haber concertado una cita para aquel día y aquella hora, y así se lo hizo saber.

—Soy tu cita de las ocho en punto —le dijo ella.

Dante la miró extrañado. Era la primera noticia que tenía.

—Ya sé que aún no son las ocho —añadió ella—, pero tenemos que irnos ya.

—¿Adónde?

—Lo verás cuando lleguemos. Vamos, el taxi está esperando.

—¿El taxi? —¿de qué iba todo aquello?—. Odio estropearte los planes, princesa, pero tengo muchas reuniones esta mañana.

—Lo sé. También soy tu cita de las nueve en punto —le sonrió—. Y todas las citas de los próximos dos días.

—¿Cómo dices? —no entendía nada. ¿Estaría sufriendo alucinaciones?

—Mariella ha pasado todas tus reuniones a la semana que viene —le explicó ella.

—¿Que ha hecho qué? —exclamó, abriendo los ojos como platos.

—Tranquilízate —metió la mano bajo la mesa de Mariella y sacó una pequeña maleta—. Por casualidad me he enterado de qué día es hoy y esta es mi manera de agradecerte la ayuda que me estás prestando. Mariella está de acuerdo. Dice que trabajas demasiado.

—Si sabes qué día es hoy, también sabrás que tengo planes para esta noche.

—Esos planes también se han pospuesto. Tu madre opina lo mismo que Mariella.

—¿Has hablado con mi madre? —le preguntó él con incredulidad.

—El otro día almorzamos juntas —sacó un sobre del cajón—. Aquí está tu pasaporte. Me cae muy bien tu madre, por cierto.

Y seguro que el agrado era mutuo, pensó Dante. De repente le costaba respirar. Era como si lo hubieran soltado en la arena del anfiteatro de Pompeya para enfrentarse, desarmado y sin armadura, a una manada de leones. O de leonas más bien. Su madre, su secretaria y Carenza.

—Relájate —le dijo ella—. No vayas a cerrarte en banda como haces siempre, Dante. Quiero mimarte un poco. ¿Qué hay de malo en hacerlo el día de tu cumpleaños?

Dante no sabía ni cómo responderle.

—Como no conozco tus gustos no sabía qué regalarte —siguió ella—. Así que al final me decidí por... ya lo verás.

—¿Adónde vamos?

—A mi lugar favorito del mundo.

El taxi los llevó al aeropuerto, y cuando Carenza sacó su maleta del maletero Dante se sorprendió al ver que no era más grande que la suya.

—Soy una viajera experimentada —le dijo ella al ver su expresión de asombro—. A los dieciocho años aprendí que era mucho más fácil y cómodo viajar ligera de equipaje.

Dante la siguió al mostrador de facturación y allí se encontró con otra sorpresa.

–¿Nos vamos a París?

–Así es –le confirmó ella con una sonrisa–. Feliz cumpleaños, Dante.

–Nunca he estado en París…

–Pero habrás estado en el extranjero, ¿no?

–Pues claro –respondió él con una mueca–. ¿Crees que nunca he salido de mi casa o qué?

–Me refiero a viajes de placer, no por negocios.

Dante no supo qué contestarle.

–París… –murmuró en tono pensativo–. Sería interesante para la segunda fase de mi franquicia. Una vez que haya asentado el negocio en las principales ciudades de Italia podría seguir expandiéndolo por el resto de Europa. Londres, París, Viena…

–Oh, no, no. Esto no es una misión de reconocimiento. Es un viaje de ocio para divertirse y cometer algún que otro exceso… sobre todo con los crepes. ¡Me encantan los crepes!

La mujer insegura y necesitada de la semana anterior había desaparecido y Carenza Tonielli volvía a ser una princesa, radiante y resuelta… absolutamente irresistible.

–Así que nada de trabajo. Tan solo placer y diversión. ¿Está claro? –le preguntó ella.

–Está claro.

–Bien –le dio un rápido beso en los labios–. Y ahora dime, ¿por qué no celebras tu cumpleaños?

–Claro que lo celebro –protestó él–. Ceno con mi familia.

–Pero te pasas el día trabajando. ¿Nunca quieres

115

hacer algo distinto, darte un pequeño capricho, aunque solo sea tomarte la mañana libre y pasear por el puerto, ir de tiendas, visitar algún museo…?

–No. Pero no te creas que soy un tacaño avaro y miserable. Organizo una comida y unas copas para todos mis empleados.

–Voy a enseñarte a divertirte aunque sea lo último que haga.

–¿Es una amenaza o una promesa?

–Las dos cosas.

El vuelo despegó y aterrizó a su hora. Desde el aeropuerto de París tomaron un taxi hasta el centro de la ciudad, y Dante se quedó impresionado con la primera imagen que tuvo de la capital francesa. Era muy distinta a Nápoles, con amplias avenidas y bulevares en vez del laberinto de estrechas callejuelas al que él estaba acostumbrado. Las calles tenían tres o cuatro carriles en cada sentido, y las aceras eran igualmente anchas. Todos los edificios eran blancos o de color crema, con ventanas altas y estrechas y balcones de hierro forjado. Definitivamente, se enamoró de París a primera vista.

–La ciudad de la luz –dijo Carenza–, llena de espacios amplios y abiertos. Por eso me gusta tanto. Y de noche es aún mejor –sonrió–. Aunque aquí no se escuche cantar a la gente, como en Nápoles.

El hotel estaba en los Campos Elíseos, y Dante supo que era carísimo en cuanto entraron en la recepción de suelos de mármol, gruesas alfombras y asientos de cuero. Descubrió además que Carenza hablaba francés con gran fluidez.

La habitación era tan lujosa que sintió una punzada de remordimiento.

–¿Me permites que corra yo con los gastos? –le

116

preguntó mientras ella empezaba a deshacer el equipaje.

–Ni hablar. Además, me hacen un buen descuento. Soy una buena clienta.

–¿Y eso? –al deshacer su maleta comprobó que su secretaría había sido extremadamente eficiente al prepararle el equipaje, seguramente bajo la dirección de Carenza.

–Cuando vivía en Londres solía venir a París. Me encantaba pasar aquí largos fines de semana, y este hotel es perfecto al estar en el centro y a menos de cinco minutos del metro.

–¿Puedo invitarte a cenar, al menos? Es mi cumpleaños y debería ser yo quien pague.

–En Italia, tal vez. Pero estamos en París y yo soy medio inglesa. En Inglaterra el cumpleañero no paga nada. Así que invito yo.

–¿Y no puedo invitarte para darte las gracias por invitarme?

–Ya lo discutiremos más tarde. Hace un día espléndido y quiero enseñarte muchas cosas ahí fuera, no perder el tiempo hablando de tonterías aquí dentro.

Recorrieron a pie los Campos Elíseos hasta las Tullerías, donde las hojas de los árboles empezaban a adquirir tonos dorados y cobrizos.

–En dos días no tendremos tiempo para hacer todo lo que me gustaría –le dijo ella–. Así que te llevaré a mis lugares favoritos.

Dante pensó que quizá podría sorprenderla invitándola a París en primavera, o incluso en invierno. París y sus jardines debían de estar preciosos cubiertos de nieve.

Descubrió con agrado que hacer turismo con Carenza era muy divertido. Lo hizo posar en los jardines del Louvre, en la torre Eiffel...

Desde el Louvre fueron en metro a la torre Eiffel.

–Vaya colas... –dijo Carenza con un suspiro–. Vamos a tener que esperar media hora, por lo menos. Quédate a guardar el sitio. Enseguida vuelvo.

Reapareció a los pocos minutos con dos bolsas de papel y dos vasos de café.

–¿Puedo preguntar lo que hay en esas bolsas?

–La mejor comida rápida del mundo...

Dante le dio un mordisco al crepe.

–Vaya... No imaginaba que estuviera tan bueno –era dulce y suave, y al mismo tiempo picante y sabroso. Como Carenza.

–Ideal para un frío día de otoño –dijo ella–. Y no te preocupes por las calorías, porque vas a quemarlas todas subiendo las escaleras hasta el segundo nivel.

Dante creía estar en forma, pero se alegró cuando finalmente alcanzaron el segundo nivel. Desde allí subieron en ascensor hasta la cúspide, y Dante contempló maravillado y abrazado a Carenza la imagen de París a sus pies.

–Gracias por este día tan especial –le dijo, besándola en el cuello. Normalmente odiaba las sorpresas y no tener el control de la situación, pero había disfrutado como nunca de los mágicos momentos vividos con Carenza en París.

Ella se giró con un brillo en los ojos que le aceleró el corazón.

–Todavía no ha acabado el día...

Bajaron en ascensor y regresaron al hotel para cambiarse para la cena.

–La cena corre de mi cuenta –dijo Dante–. ¿Qué lugar recomiendas?

–Ya tenemos una reserva. Es un menú de degustación.

Resultó que había reservado mesa en uno de los mejores restaurantes de París, y cuando Dante probó el primer plato comprendió por qué el chef había ganado dos estrellas Michelín. El restaurante ofrecía un ambiente idílico y romántico, con sillas tapizadas, manteles adamascados y orquídeas decorando las mesas. Y nunca había visto a Carenza tan hermosa. Llevaba un pequeño vestido negro, una gargantilla de perlas y el pelo estilosamente recogido. Cada vez que la miraba le daba un vuelco el corazón.

Antes del café, el camarero les sirvió un cucurucho hecho con macarrones parisinos de almendra y azúcar y una bengala en la punta.

–Le dije al *maître* que era tu cumpleaños y le pedí que el chef hiciera esto especialmente para ti –le susurró Carenza–. Feliz cumpleaños, Dante.

–Gracias –le agarró la mano y se la llevó a los labios–. No recuerdo la última vez que tuve una tarta de cumpleaños...

–Me alegro de que te guste –los ojos le brillaban de deleite y emoción.

–Eres increíble.

–Vamos a dar un paseo –decidió Carenza cuando acabaron el postre.

Caminaron de la mano hacia los Campos Elíseos, bajo los árboles pulcramente podados y las farolas de hierro forjado. Carenza lo llevó por el pasaje subterráneo al Arco del Triunfo, con la inmensa bandera francesa ondeando desde el centro y la inextinguible llama de la tumba del soldado desconocido.

–Me temo que vas a tener que subir más escalones –le dijo con una sonrisa.

La subida fue larga y dificultosa por una estrecha escalera de caracol, pero al fin llegaron a la azotea y contemplaron las avenidas que confluían en el arco. Carenza le señaló los monumentos iluminados que se veían a lo lejos, como la basílica del Sacré Coeur, en la cima de Montmartre, y la torre Eiffel al otro lado del Sena, con su inmenso faro barriendo la noche parisina.

–Te dije que por la noche era especial…

–Tenías razón –y aún más especial al compartir aquel momento con ella. Había más gente en la azotea, pero Dante se sentía como si estuvieran los dos solos.

–Ven a mirar por aquí –le dijo. Le echó un vistazo al reloj y se estremeció de frío.

–No quiero que pilles un catarro –Carenza solo llevaba un fino chal sobre el vestido–. Será mejor que bajemos.

–No hablar. Nos quedaremos aquí hasta que sea la hora.

–¿La hora de qué?

–Deja de hacer preguntas, Dante, o echarás a perder la sorpresa.

¿Otra sorpresa? Dante se quitó la chaqueta y se la echó sobre los hombros, desoyendo sus protestas. A él no le hacía falta. Le bastaba con estar con ella para entrar en calor.

Carenza volvió a mirar el reloj.

–Empezará enseguida…

Justo entonces la torre Eiffel empezó a parpadear con miles de luces a lo largo de toda su imponente estructura.

–Es una lástima que tu cumpleaños no sea el catorce de julio. Habríamos visto fuegos artificiales.

Dante sonrió. Ella ya le hacía ver otra clase de fuegos artificiales.

Estuvieron contemplando la torre hasta que los destellos se apagaron, y entonces volvieron al hotel. En la habitación, Carenza lo desnudó lentamente y él le bajó la cremallera del vestido. Le encantaba el contraste entre su piel blanca y la lencería negra. Y le encantó aún más quitarle las horquillas del pelo y dejar que le cayera sobre los hombros.

Una vez que los dos estuvieron desnudos, Carenza fue al minibar y sacó una botellita de champán.

–¿Para qué es eso? –le preguntó él.

–Para beber no –respondió ella con una pícara sonrisa–. Es tu cumpleaños.

Dante no entendía nada. ¿Qué tenía pensado hacer con aquel champán?

–Túmbate y cierra los ojos –le ordenó ella–. Y confía en mí –añadió suavemente.

Que confiara en ella… Él jamás se permitía confiar en nadie. Pero Carenza se había tomado muchas molestias para hacer que aquel día fuera memorable, y rechazarla en aquellos momentos sería una grosería imperdonable. De modo que se acostó y cerró los ojos, aunque volvió a abrirlos al oír cómo descorchaba la botella.

–Podría vendarte los ojos.

–No te hace falta ninguna venda, princesa –en cuanto a él, solo la necesitaba a ella.

¿Necesitar?

No, nada de eso. Él no necesitaba a nadie. Solo la deseaba. Nada más.

–Entonces cierra los ojos –le dio un beso en los labios–. Te prometo que disfrutarás mucho… y si te agarraras al cabecero me facilitarías mucho la tarea.

Dante podría resistirse… o ceder. Y cuando ella empezó a besarle el cuerpo lo tuvo claro. Cerró los ojos y se agarró al cabecero. Le costó respirar cuando ella le besó el abdomen, y cuando se metió el miembro erecto en la boca creyó que había muerto y subido al Cielo.

–Carenza…

–No mires hasta que yo te lo diga.

Dante sabía lo que se disponía a hacer. Iba a ponerle un preservativo, a montarse a horcajadas sobre él y permitir que se deleitara con la vista. Entonces sintió el roce de sus sedosos cabellos, sus delicados dedos rodeándole el miembro y…

El ardiente calor de su boca combinado con el frío y la burbujeante espuma del champán casi lo hizo estallar de placer. Se oyó a sí mismo balbucear algo incomprensible, incapaz de concentrarse en otra cosa aparte de la incomparable sensación. Y cuando llegó al orgasmo se encendieron más luces en su cabeza de las que había visto minutos antes en la torre Eiffel.

Cuando se recuperó, Carenza yacía junto a él, con la cabeza en su hombro y el brazo alrededor de la cintura. Dante la abrazó con las pocas fuerzas que le quedaban.

Estuvo a punto de declarar que la amaba, pero consiguió refrenarse a tiempo.

–Ha sido el mejor cumpleaños de mi vida.

Capítulo Doce

Carenza se despertó con la sensación de que algo le hacía cosquillas en el rostro. Tardó unos momentos en darse cuenta de que era el vello del pecho de Dante, y cambió de postura para apretar la cara contra su cuello.

Él murmuró su nombre, medio dormido, y ladeó la cabeza para dejar que lo besara. Tiró de ella para colocársela encima y la besó en el cuello y el hombro. Carenza sintió cómo se endurecía y se frotó ávidamente contra el miembro. Necesitaba tenerlo dentro de ella. Y lo mismo necesitaba él, porque la levantó ligeramente y dejó que descendiera sobre su erección mientras la rodeaba con los brazos sin dejar de besarla.

La sensación era increíble. Cada embestida la colmaba de un placer cada vez mayor, y una incontenible ola de calor se propagaba desde la planta de los pies hasta el último rincón de su cuerpo. Y cuando llegó al límite y las emociones se desbordaron, Dante la acompañó a un orgasmo glorioso igual que había permanecido junto a ella todo el camino.

A medida que cesaban las convulsiones, Dante sacó el miembro y la hizo girarse de costado para abrazarla por detrás, descansando una mano en la curva del pecho y pegando la boca al hombro.

–Te quiero, Caz.

123

¿Fueron imaginaciones suyas o realmente había susurrado Dante aquellas palabras contra su piel?

Con aquel pensamiento rondándole la cabeza volvió a dormirse.

A la mañana siguiente Dante la despertó con un beso. Ella le sonrió y le acarició la cara.

–Buenos días. ¿Has dormido bien?

–Sí, ¿y tú? –le preguntó él.

–Mmm… –se estiró perezosamente–. Muy bien, pero tuve un sueño increíblemente realista.

Dante arqueó una ceja.

–Suena interesante. ¿Qué soñaste?

–Soñé que lo hacíamos en mitad de la noche.

–¿En serio? Qué extraño… Yo he soñado lo mismo.

Una inquietante posibilidad asaltó a Carenza.

–No… Por favor, dime que no lo hemos hecho.

–¿Qué probabilidades hay de que hayamos tenido el mismo sueño?

–Dante… Si no fue un sueño, quiere decir que… lo hicimos sin protección.

Él se puso pálido.

–Si te… –empezó a decir, pero ella le puso un dedo en los labios. No quería que le dijera que asumiría su responsabilidad si se quedaba embarazada. No era eso lo que quería de él.

Lo que quería era lo que había creído oírle decir en mitad de la noche. Algo que, a juzgar por la acongojada expresión de Dante, debía de haber sido producto de su imaginación. El sexo había sido real, pero el amor no. Dante nunca se permitiría amar a nadie.

–No digas nada. Tranquilo. Solo lo hemos hecho una vez sin protección. Piensa en cuánta gente intenta concebir durante meses, sin conseguirlo.

–¿Y cuánta gente se queda embarazada a la primera, sin pretenderlo? –replicó él.

–No va a pasar nada –insistió ella con firmeza–. Me muero de hambre. Voy a darme una ducha antes de desayunar –decidió, e intentó que no le importara cuando él no sugirió acompañarla a la ducha.

Dante apenas podía respirar. La posibilidad de que Carenza estuviese embarazada lo llenaba de pánico, no solo por la idea en sí, sino por el anhelo que le suscitaba.

¿Cómo podía ser tan estúpido?

Cuando le llegó el turno de ducharse lo hizo con el agua fría para intentar despejarse. Su vida era perfecta tal y como estaba. Él y sus negocios. No necesitaba nada más. Y por nada del mundo volvería a pasar otra noche con Carenza, sabiendo lo peligroso que podía ser para su tranquilidad mental.

–¿Cuál es el plan para hoy? –le preguntó mientras desayunaban.

–El vuelo no sale hasta por la noche, así que podemos pasar el día en la ciudad. El hotel nos permite dejar el equipaje aquí hasta que sea la hora de irnos y tenemos el taxi reservado para llevarnos al aeropuerto, así que he pensado en enseñarte la otra cara de la ciudad.

–Genial –mientras se limitaran a hablar de París o de trabajo, sin entrar en temas emocionales, todo marcharía a la perfección.

Después de desayunar hicieron el equipaje y fueron en metro a Montmartre. Las blancas torres del Sacré Coeur se erguían en lo alto de la verde colina contra un cielo azul radiante.

–Es precioso –dijo Dante al contemplarla desde abajo.

–Espera a llegar arriba –le aconsejó ella–. La vista desde la escalinata es impresionante.

Tenía razón. Y junto a la basílica se extendía un pequeño laberinto de calles estrechas y bulliciosas que le recordaron a Nápoles. El contrate con los bulevares y los Campos Elíseos no podría ser más acusado, pero en aquella parte de la ciudad Dante se sentía más en casa.

Carenza lo llevó a una heladería.

–Princesa, esto es una heladería artesana italiana –observó él.

–Lo sé –dijo ella, sonriendo–. Los helados italianos son los mejores del mundo.

A Dante le divirtió el pormenorizado análisis que hizo del local, comparándolo con su heladería y destacando sus puntos fuertes y carencias.

–Dicho todo esto, mi helado de *crême brûlèe* está muy bueno –lo miró interrogativamente–. ¿Y el tuyo de arándanos y chocolate blanco?

Él le tendió el cucurucho para que lo probase.

–No está mal –dijo ella–. Pero creo que estaría mejor si el sabor del arándano y del chocolate blanco estuvieran separados.

Pasaron por la concurrida Plaza de Tertre, llena de cafés y de artistas callejeros que exponían y vendían sus obras al aire libre. A Dante le costó creer que llegaran al centro de la plaza, sorteando a los mimos y los turistas que posaban para los dibujantes y caricaturistas.

–¿Un retrato, señores? –les ofreció un pintor–. Les hago un precio espacial para los dos.

A Carenza se le iluminaron los ojos.

–¿Podemos? –le preguntó ansiosamente a Dante.

Si hubiera estado él solo habría dado una excusa cortés y habría seguido su camino, pero no podía negarle un detalle tan nimio a Carenza después de que ella se hubiera desvivido por ofrecerle dos días tan maravillosos.

–Claro –aceptó, y se sentaron para posar.

–Rodéela con el brazo –le indició el retratista–. Y sonríanse el uno al otro.

Dante se sintió muy incómodo cuando los turistas se acercaban a mirar el dibujo, pero todos sonreían y asentían con aprobación. Pocos minutos después el artista les enseñó el retrato, dibujado al pastel sobre un papel rosa grisáceo.

Dante se llevó la impresión de su vida.

Cualquiera que mirase el dibujo se daría cuenta, por la forma en que él miraba a Carenza, de que estaba perdidamente enamorado de ella... La única esperanza de Dante era que Carenza creyese que el dibujante se había tomado una licencia artística.

Pagó y, siguiendo los consejos del artista, compró un tubo en una tienda de recuerdos para enrollar y guardar el dibujo. Carenza se puso de puntillas y le dio un beso en la boca.

–Gracias.

–*Prego* –respondió él automáticamente, pero no podía quitarse el retrato de la cabeza. ¿De verdad miraba de aquella manera a Carenza? Y de ser así, ¿se habría percatado ella? No sería justo darle falsas esperanzas y hacerle creer que podía ser lo que no era.

Entraron en un café para tomar un *croque monsieur* y luego Carenza lo llevó al centro Pompidou.

–Es impresionante, ¿verdad?

Dante observó la imponente estructura de vidrio y acero.

–Sí que lo es –respondió, aunque no podía compararse al Louvre o la torre Eiffel, ni a los bonitos y elegantes edificios de piedra blanca que lo habían cautivado a primera vista.

–Este es uno de mis lugares favoritos de París.

Nada más entrar Dante supo por qué. El interior era un museo de arte moderno, que tanto gustaba a Carenza. Él, en cambio, cuanto más veía menos lo entendía.

A continuación, Carenza le enseñó el distrito de Marais y la Place des Vosges.

–Esta es la plaza más antigua de París.

Era un espacio cuadrado y ajardinado, delimitado por edificios bonitos y elegantes, que a Dante le gustó mucho más que el moderno Pompidou. Al pasear por los soportales se fijó en que había muchas galerías de arte entre los comercios. Carenza disfrutaba enormemente viendo los escaparates, y en un momento dado se detuvo y ahogó una exclamación.

–¿Qué has visto? –le preguntó él.

–Es precioso –murmuró ella, señalando un lienzo alargado con cinco franjas de colores brillantes–. Pero es demasiado caro. Tendría que privarme de todos mis caprichos durante años para poder comprarlo.

–Parece una porción del arcó iris –comentó él.

–El azul y el morado representan el cielo… un cielo de medianoche, diría yo. La franja verde del medio es el mar, y la naranja y la roja son la playa. Mira cómo se funden la una con la otra… Es una maravilla.

Para Dante solo eran cinco franjas de color, pero le gustaba el efecto que provocaba en Carenza y cómo hacía que su rostro resplandeciera. Las explicaciones que le había dado tenían sentido, aunque jamás colgaría un cuadro semejante en su pared.

—Vamos a tomar un café —decidió ella.

Entraron en una cafetería desde la que podían contemplar la fuente del centro de la plaza y a los niños jugando en la hierba bajo el sol de otoño.

—¿Sabías que los caballeros se batían en duelos en esta plaza?—

—Me lo puedo imaginar —dijo él—. ¿Vivirías aquí si te instalaras en París?

—Me encantaría —admitió ella con una sonrisa—. Imagínatelo… Podríamos ocupar una esquina de la plaza con uno de tus restaurantes, una de mis heladerías y en medio una galería de arte. Siempre quise ser propietaria de una galería… —se echó a reír—. Claro que para ello tendríamos que vender todas nuestras posesiones, y ni aun así podríamos permitirnos tres locales en esta plaza. Y mucho menos un apartamento.

—Uno de mis restaurantes… —repitió él en tono pensativo.

—No, no, solo estaba bromeando —levantó las manos en un gesto de rendición—. Y recuerda que no estamos en viaje de negocios —acabó el café y arrugó la nariz—. Lo siento, tengo que ir al aseo. Vuelvo enseguida.

—No hay prisa.

¿Tendría tiempo suficiente para volver a la galería y comprar el cuadro de los colores? Probablemente no, pero había otra forma de conseguirlo. Sacó el móvil, buscó en internet la página web de la galería y llamó. En cuestión de minutos había cerrado el trato. El cuadro sería enviado a Nápoles y llegaría a su oficina el viernes por la mañana.

Perfecto.

Volvieron al hotel a recoger el equipaje y llegaron al aeropuerto con tiempo de sobra para facturar.

–Gracias –le dijo Dante, abrazándola–. Han sido dos días muy especiales.

La tuvo agarrada de la mano durante todo el vuelo de regreso a Nápoles, y Carenza no dejaba de pensar en las palabras que había creído oír la noche anterior. Tal vez estuviese esperando demasiado, pero la forma con que entrelazaba los dedos con los suyos le inspiraba confianza. Dante sentía algo por ella, pero no sabía cómo expresarlo. Tendría que ayudarlo a encontrar la manera.

Un taxi los llevó al apartamento de Carenza y Dante insistió en acompañarla a la puerta.

–¿Te quedarás esta noche? –le preguntó ella, aunque por su cara ya sabía la respuesta.

–Mejor que no –le dijo amablemente, pero gracias. Ha sido el mejor cumpleaños de mi vida.

«Podría hacer que cada día fuese igual de maravilloso, si tú quisieras», pensó ella, pero no podía decírselo o lo perdería definitivamente.

Él la besó ligeramente.

–El taxi está esperando. Buenas noches, princesa.

Y eso fue todo.

Capítulo Trece

El jueves por la noche Dante llegó a casa de su madre con flores y chocolate.

—Dante, *amore* —Gianna lo abrazó efusivamente al abrirle la puerta—. No tenías por qué traer nada.

—Lo sé, mamá, pero quería hacerlo.

—¿Lo pasaste bien en París?

—Muy bien —respondió sinceramente, aunque el viaje lo había dejado con una sensación de anhelo de la que no podía hablarle a su madre.

—Felicidades atrasadas, hermanito —lo felicitó su hermana, pellizcándole la mejilla.

—¿Hermanito? —sonrió—. Soy más grande que tú desde que tenía doce años.

—Ya, pero sigues siendo el pequeño de la casa.

—Hablando de pequeños, ¿Fiorella está todavía despierta?

—Pues claro. Por nada del mundo se iría a la cama sin haber visto al *zio* Dante… sobre todo si hay una tarta por medio.

Dante entró en el salón y vio que su sobrina estaba muy entretenida, ya que había alguien leyéndole uno de sus cuentos favoritos. Y la persona que se lo estaba leyendo era la última a la que Dante esperaba ver allí.

—Hola —lo saludó Carenza con una tímida sonrisa.

—¡*Zio* Dante! —exclamó Fiorella al verlo. Se bajó de

131

un salto del regazo de Carenza y se arrojó en los brazos de su tío.

—Hola, belleza. ¿Me has echado de menos?

—¡Sí! Renza me está leyendo un cuento.

—Pues dejaré que acabe mientras ayudó a la *mamma* y la *nonna*.

Vio con sorpresa como Fiorella corría de nuevo hacia Carenza y se subía a su regazo. Solía mostrarse muy recelosa con los desconocidos, y sin embargo había aceptado a Carenza inmediatamente. ¿Significaría eso que Carenza había pasado más tiempo con la niña y su madre? ¿O simplemente Fiorella estaba respondiendo a su encanto natural? Dante nunca la había visto con niños, pero parecía sentirse muy cómoda leyéndole el cuento a la pequeña y adoptando una voz distinta para cada personaje.

Era imposible no quedarse embelesado con ella. De repente, se acordó de cómo habían hecho el amor sin protección y lo invadió la imagen de Carenza sosteniendo en brazos al hijo de ambos. O leyéndole un cuento igual que hacía con Fiorella.

Se sacudió mentalmente, enojado consigo mismo por su ridícula reacción. Nunca había sentido nada parecido. Y lo irritaba bastante.

—Déjame que te ayude, mamá —dijo, buscando refugio en la cocina.

—No, largo de aquí. Ve a sentarte con Carenza.

¿Estaría haciendo de casamentera?, se preguntó él—. ¿Y por qué no le había dicho que había invitado a Carenza a la cena de cumpleaños?

Desistió de hacer preguntas y volvió al salón para sentarse en el sofá junto a Fiorella y Carenza.

—Lee tú también, *zio* Dante —le pidió su sobrina.

Dante no podía negarse y se metió de lleno en la

historia, adoptando las voces de los personajes igual que hacía Carenza. A Fiorella le brillaban los ojos de entusiasmo y Dante sintió un nudo en el pecho. Si fuera otra clase de hombre, Carenza y él podrían compartir un momento semejante con su propio hijo...

Su madre había preparado una cena fabulosa, como de costumbre, y Carenza ayudó muy gustosamente a retirar los platos. A Gianna debía de caerle muy bien para permitirle que la ayudara en la cocina, pensó Dante, y la verdad era que Carenza parecía formar parte de la familia... lo que resultaba aún más escalofriante.

Su madre llevó la tarta de cumpleaños con las velas encendidas y todo el mundo, hasta la pequeña Fiorella, le cantó el *buon compleanno*. Dante sonrió y apagó las velas.

–Tienes que pedir un deseo –le recordó Carenza.

Él sabía muy bien lo que deseaba... hasta que vio los rostros sonrientes y esperanzados alrededor de la mesa y recordó ver a su madre con un ojo morado, un diente arrancado o un brazo roto. Todo provocado por el hombre que había jurado amarla y honrarla delante de las dos familias.

El deseo de Dante se hizo cenizas. Había heredado los genes de su padre, y por muy nobles que fueran sus intenciones acabaría haciéndole daño a Carenza. No podía correr ese riesgo.

–Te has quedado muy callado –observó su madre.

–Estoy bien.

–Trabajas demasiado –le criticó ella–. Y seguro que has estado poniéndote al día con las tareas pendientes, aunque Carenza dice que Mariella ya se ocupó de todo.

–Estoy bien, mamá –repitió con una sonrisa forzada–. Es hora de que Fiorella se acueste. Déjame lavar los platos antes de irme.

–De eso nada. Es tu cumpleaños y no vas a lavar los platos.

–¿Me dejas hacerlo a mí? –le preguntó Carenza.

–No, tesoro –rechazó Gianna con una dulce sonrisa, y le lanzó a Dante una significativa mirada. Si no llevaba a Carenza a casa se pasaría varias semanas recriminándoselo.

–¿Puedo llevarte a casa, Carenza? –le preguntó Dante cortésmente.

–¿En la moto?

–Mi madre no me permite venir en moto –dijo él con una sonrisa.

–Es muy peligroso –intervino Gianna.

–Es tan seguro como ir en coche –repuso Dante con una mueca–. Pero para hacer feliz a mi madre he venido y me iré en taxi. Tu casa está de camino, Carenza. ¿Lo compartimos?

–Gracias.

Dante llamó un taxi y Carenza le leyó otro cuento a Fiorella mientras esperaban. Gianna insistió en que se llevaran unos trozos de tarta y los abrazó a ambos.

–Estás muy tenso –le dijo Carenza cuando estuvieron en el taxi–. ¿Qué te ocurre?

Todo.

–Nada –respondió entre dientes, y afortunadamente ella no insistió.

El taxi se detuvo frente al piso de Carenza y ella lo miró con una sonrisa.

–No es muy tarde. ¿Quieres subir a tomar un café?

–No es buena idea, princesa.

–¿Estás enfadado conmigo por haberme colado en tu cena de cumpleaños?

–No –estaba enfadado consigo mismo–. No te has colado. Mi madre te invitó –respiró hondo–. Déjalo, Caz. Por favor.

–Como quieras. *Ciao.*

El viernes por la mañana llegó el cuadro de la galería parisina y Dante decidió entregárselo a Carenza al día siguiente por la noche, en su sesión de consultoría semanal. Pero la presencia del paquete en un rincón del despacho lo acuciaba a llamarla con la excusa perfecta para verla, y a media tarde cedió a la tentación.

–¿Estás muy ocupada esta noche?

–Estoy experimentando con recetas de helado, pero me vendría bien contar con un catador…

–Me encantaría. ¿A qué hora?

–¿A las ocho?

–Llevaré una pizza… La marinara de Mario's es la mejor de Nápoles.

–Estupendo. Nos vemos esta noche.

Carenza se pasó el resto de la tarde preguntándose por qué querría verla Dante aquella noche, y una deliciosa excitación la invadía ante la posibilidad de que no fuera una cita de negocios.

Casi cedió a la tentación de ponerse un vestido, pero no quería que Dante la viera como una especie de modelo. Quería que la tomase en serio como mujer, no solo como empresaria. De modo que se decantó por unos vaqueros limpios, una camiseta de ti-

rantes, el pelo suelto y cepillado y un poco de maqui-
llaje.

Al abrirle la puerta vio que llevaba dos cajas.

–¿Qué es eso?

–Pizza.

–Ya lo sé. Me refiero a la otra.

–Todo a su tiempo, princesa –le respondió él con
un brillo en los ojos.

La pizza hacía honor a su fama, y Dante le dio su
sincera aprobación al probar el sorbete de moras. Al
acabar, le sonrió.

–Iba a comprarte flores como muestra de agrade-
cimiento por lo de París, pero luego pensé que…
esto te gustaría más –le entregó el paquete–. No es
un regalo de cumpleaños. Es solo para decirte que…
–se calló y a Carenza se le aceleró el corazón. ¿Iba
a decirle lo que ella había creído oír en París?–. Para
decirte que te aprecio –concluyó, dubitativo.

¿Sería aquella su manera de decir te quiero? ¿O
quizá ella volvía a imaginarse cosas?

Se puso a desenvolver el paquete. Rápidamente
reconoció el típico envoltorio empleado en una galería de arte, y cuando vio el cuadro se quedó anonada.

–Dios mío… Dante. Es… –los ojos se le llenaron
de lágrimas.

–¿Es el cuadro que te gustaba? –le preguntó él,
como si temiera haberse equivocado.

–Sí, pero era carísimo.

–El dinero no tiene importancia.

–Es precioso. Pero a ti no te gustaba… Lo has
comprado por mí.

–Porque el rostro te brillaba solo con verlo –repuso él.

A Carenza le temblaban los labios.

–Creo que voy a llorar...

–¡No! –exclamó él, horrorizado.

–Son lágrimas de alegría –lo tranquilizó ella. Dejó el cuadro y lo besó–. Muchas gracias.

–*Prego.*

Carenza percibió un resquicio en su armadura, igual que cuando lo vio contándole un cuento a Fiorella, y se arriesgó a intentarlo.

–Quédate esta noche, Dante.

–No puedo.

–¿No puedes o no quieres?

–Las dos cosas.

–¿Por qué?

Él le acarició la mejilla.

–No es por ti. Es por mí.

Carenza se quedó helada. Todo había cambiado de repente. ¿Sería aquel cuadro una despedida en vez de una declaración de amor? Había oído muchas veces aquellas palabras, «no es por ti. Es por mí». Era lo que le decían todos los hombres con los que se había acostado antes de abandonarla.

Y cuando Dante faltó a las dos próximas sesiones de consultoría, alegando que estaba hasta las cejas de trabajo, Carenza supo que iba a romper con ella.

Todo empeoró cuando tuvo la regla. Debería haber sentido un inmenso alivio, pero no fue así. Al fin se había dado cuenta de lo que más quería en la vida y por qué había regresado a Italia.

Quería tener su propia familia.

Con Dante.

Pero ¿le daría él una oportunidad? No era muy probable, viendo cómo parecía evitarla.

Estuvo triste y desanimada todo el día, hasta que decidió tomar las riendas de la situación. Era una Tonielli y no podía quedarse de brazos cruzados esperando que todo cambiara. Cuando quería algo, iba a por ello. Y lo que quería era estar con Dante.

Le envió un mensaje de texto: «¿Puedo verte esta noche? Necesito hablarte de algo».

No le dijo de qué quería hablar, sabiendo que Dante pensaría que se trataba de algo relacionado con el trabajo. Tal vez estuviera engañándolo, pero si le decía la verdadera razón solo conseguiría hacerlo huir.

La respuesta tardó dos horas en llegar: «Hoy trabajo hasta tarde. ¿Mañana?».

Al parecer tendría que aprender a ser paciente.

«De acuerdo. ¿A las siete y media, aquí?».

«Ok».

El día siguiente transcurrió insufriblemente despacio, hasta que a las siete y medio en punto Dante llamó a la puerta de su despacho.

—Hola. ¿Café?

—No, gracias. ¿Qué ocurre? ¿Algún problema con las cifras?

—No —lo invitó a tomar asiento frente a ella—. Quería que supieras que ayer me vino la regla.

La expresión de Dante era inescrutable, y tampoco su voz delató nada al hablar.

—Seguramente sea lo mejor.

No, para ella no era lo mejor. Ni muchísimo menos. Pero no podía decírselo así.

—He estado pensando en lo nuestro… No es como empezó siendo.

—¿Qué quieres decir?

—Ya no se trata únicamente de sexo y negocios —respiró profundamente—. Eres un adicto al trabajo, muy difícil de entender, y la mitad del tiempo no tengo ni idea de lo que te pasa por la cabeza. Pero he descubierto que… —una vez que lo dijera no habría vuelta atrás. Pero tenía que ser valiente y arriesgarse, porque si no se lo decía ella, él jamás lo haría—. Te quiero.

Un destello de emoción cruzó fugazmente las facciones de Dante, pero enseguida volvió a colocarse una máscara impenetrable.

—Lo siento —dijo—. Pero yo no siento lo mismo.

El brillo de su mirada desmentía sus palabras. Carenza sabía que estaba mintiendo, pero no entendía por qué.

—No es cierto… Lo supe en París. Aquella noche algo cambió entre nosotros. Y te oí decirlo.

—Me dejé llevar… —murmuró él.

—Más bien pensaste que estaba dormida y que no me enteraría de nada.

Dante ahogó un suspiro.

—Está bien. Lo dije. Pero esto no puede funcionar. No puedo correr el riesgo.

—¿Qué riesgo? No lo entiendo.

Él cerró los ojos un instante.

—Esto es muy difícil para mí. Jamás hablo de ello… Con nadie.

—Hablar no es un signo de debilidad —le dijo ella, agarrándole la mano—. Solo quiero entenderte, Dante. Háblame, por favor.

—Prométeme que no te compadecerás de mí.

¿Por qué iba a compadecerse de él?

—Te lo prometo. Háblame.

139

Dante empezó hablando dubitativamente, pero poco a poco las palabras se fueron soltando.

—Cuando tenía seis o siete años, mi padre perdió su empleo y empezó a beber. Al llegar a casa la emprendía a golpes con cualquiera que se entrometiese en su camino o le contestara. A mi hermana le rompió el brazo, y a mi madre le rompió las costillas y le puso los ojos morados.

—¿Y a ti? —le preguntó Carenza suavemente.

Dante asintió y tragó saliva.

—Cuanto más bebía, más violento se volvía y más fácil era que lo despidieran. Y cada vez que perdía un trabajo más bebía. Era un círculo vicioso.

Al fin entendía Carenza por qué Dante no bebía jamás y por qué no tenía una foto de su padre. Alargó el brazo sobre la mesa para agarrarle la mano, pero él la retiró.

—Te he dicho que no te compadezcas.

—No es compasión. Es comprensión.

—Lo que más odiaba era que todos los vecinos lo supieran. Todo el mundo lo sabía y hablaba de ello, pero nadie hacía nada. Nadie llamaba a la policía. Nadie intentaba detenerlo…

—A lo mejor temían que lo pagase con tu madre si se atrevían a intervenir —sugirió Carenza.

—Pero no hicieron nada. No le ofrecieron un lugar seguro ni intentaron ayudarla. Tan solo hablaban de ella…

Le había contado un poco la noche que fueron a bailar, pero lo más horrible de todo era que creía ser igual que su padre.

—Tú no eres tu padre, Dante.

—No, pero llevo su sangre. Soy violento, igual que él.

–No lo eres –Dante era un hombre increíblemente sereno y controlado–. La única vez que te he visto perder el control… –se puso colorada. Fue cuando él susurraba su nombre–. Tu naturaleza no es violenta en absoluto.

–Cuando tenía trece años vi a mi padre pegando a mi hermana Rachele. Yo ya era casi tan alto y fuerte como él… y le rompí el brazo.

¿Y por eso creía ser una especie de sádico?

–Dante, no lo hiciste porque disfrutaras haciéndole daño, sino porque intentabas proteger a otra persona más débil que él. Hiciste lo único que podías hacer. Las palabras no habrían servido para detenerlo.

–Esa no es la cuestión. Reaccioné por instinto e hice lo mismo que él. No tengo excusa –tomó aire–. Pero eso no es lo peor. Al año siguiente se cayó debajo de un tranvía estando borracho. Cuando me enteré de su muerte, no sentí la menor lástima. Al contrario. Me alegré… –cerró los ojos un momento–. Lo único que lamenté fue no haber estado allí para empujarlo yo bajo el tranvía.

–En tu lugar cualquiera hubiera sentido lo mismo.

Dante sacudió la cabeza.

–Solo alguien con los genes de mi padre podría ser tan cruel. Y aquella no fue la única vez que le hice daño a alguien. Rachele cometió el mismo error que mi madre y creyó que Niccolo, el padre de Fiorella, la quería y que ella podría convertirlo en un hombre bueno y decente.

Carenza ahogó un gemido de horror.

–¿Estás diciendo que también la maltrató?

–Cuando estaba embarazada.

–Dios mío…

–Cuando me enteré, lo estampé contra la pared y lo agarré por el cuello. Vi el miedo en sus ojos y olí su sudor… Podría haberle roto la tráquea.

–Pero no lo hiciste –estaba completamente segura de que Dante jamás lo haría.

–Conseguí controlarme a tiempo, pero hubiera bastado una sola palabra suya, una sola provocación, para matarlo.

–No, no lo habrías matado. Porque tú no eres así. Lo agrediste porque no ibas a dejar que quedara impune después de haberle hecho daño a tu hermana.

–La violencia nunca es la solución. Me equivoqué, Caz. Le dije que si volvía a ponerle un dedo encima le rompería todos los huesos. Y se lo dije en serio –apretó la mandíbula–. Para demostrárselo le retorcí la muñeca con tanta fuerza que casi se la rompí.

–Solo intentabas proteger a tu hermana, Dante.

–Debería haber llamado a la policía y haber apoyado a Rachele mientras lo denunciaba –sacudió tristemente la cabeza–. Pero no lo hice. Me comporté igual que mi padre, recurriendo a la fuerza y las amenazas, y a punto estuve de destrozarlo –dejó escapar una profunda espiración–. Por eso tengo que acabar con esto. No puedo confiar en mí. Y no quiero hacerte daño.

–Me lo haces si acabas con esto –señaló ella.

–No es nada comparado a lo que podría hacerte. Imagina que mi negocio quiebra y que acabo como mi padre, descargando mi frustración contigo… o con nuestros hijos. No puedo arriesgarme, Caz. ¡No puedo! No me pidas que lo intente.

–Tu negocio no quebrará. Tú nunca lo permitirías. Y aunque así fuera sé que jamás pagarías tu frustración conmigo.

–Eso mismo pensaba mi madre cuando se casó con mi padre. Y lo mismo que pensaba Rachele cuando empezó a salir con Niccolo. Estaban convencidas de que jamás les harían daño. Y las dos se equivocaron.

–Pero tú no eres tu padre, Dante. ¡No lo eres!

–Soy su hijo. Llevo su sangre en mis venas. No puedo arriesgarme –repitió–. Tenemos que acabar con esto y mantener una relación estrictamente profesional. Lo siento.

Y dicho aquello, se marchó del apartamento de Carenza mientras ella se quedaba absolutamente incapaz de moverse, pensar o actuar.

Dante se equivocaba. Pero no sabía cómo convencerlo de la verdad. Lo único que podía hacer era permitir que se alejara y buscar un compromiso que los satisficiera a ambos.

Capítulo Catorce

Durante los próximos días Dante no dio señales de vida y Carenza se volcó por entero en el trabajo para intentar no pensar demasiado en él, confiando en que su subconsciente encontrase la manera de arreglar la situación y convencerlo de que no era igual que su padre. Pero mientras hurgaba en las cajas de facturas encontró algo que no le gustó nada. Y las dos llamadas que hizo para comprobarlo le gustaron aún menos.

No podía hablarlo con su abuelo y arriesgarse a que sufriera un ataque al corazón, y mucho menos con Emilio Mancuso. La única persona que podía ayudarla volvía a ser Dante.

Lo llamó por teléfono y le respondió su secretaria.

—Hola, Mariella. Soy Carenza. ¿Puedo hablar con Dante, por favor?

—Lo siento, *cara*. Hoy estaré reunido todo el día. ¿Se trata de algo urgente?

—No, no importa. Esperaré.

—¿Seguro? —le preguntó Mariella amablemente.

—Sí, seguro. Hay algo que no me encaja y quería pedirle consejo.

—¿Por qué no le mandas un email? Me aseguraré de que lo lea.

Carenza le dio las gracias y colgó. Se disponía a escanear los documentos cuando se dio cuenta del volumen que ocupaban. Tardarían una eternidad en descargarse y podría ser un engorro para Dante. Tal vez fuese mejor llevárselos en persona… Y verlo.

Para que Dante no pensara que era una patética excusa para verlo, fotocopió las facturas, las numeró y redactó una nota, muy profesional, en la que le contaba lo que había descubierto. Al parecer, las copias de los proveedores no se correspondían con las del cliente, en las que aparecían una cantidad y un precio mucho más elevados. Carenza había llamado a los proveedores para pedirles las copias, fingiendo ser una secretaria nueva y despistada. Y todas estaban firmadas por Emilio Mancuso, quien obviamente se embolsaba el dinero sobrante.

Terminó la nota pidiéndole a Dante que discutieran alguna estrategia al respecto y la firmó con sus iniciales, CT, como si no estuviera locamente enamorada de él.

Pero quizá si pudiera demostrarle que estaba aprendiendo de él, podría también demostrarle que ella también tenía cosas que enseñarle. Y tal vez tuvieran una oportunidad para estar juntos…

Imprimió la nota, la metió junto a los documentos en un sobre, lo selló y se dirigió hacia la oficina de Dante.

–Tienes ojeras y estás muy pálida –observó Mariella con el ceño fruncido–. ¿Estás durmiendo poco o comiendo mal?

–Siempre tengo este aspecto por las mañanas, y hoy olvidé maquillarme –mintió Carenza.

–Dante está igual que tú…

Carenza no supo si eso era bueno o malo. Le gustaba que Dante también estuviese afectado, pero no soportaba la idea de estar causándole el menor sufrimiento.

–No sé cuándo podrá responderte, pero puede que no sea hasta mañana –le advirtió Mariella.

–Lo entiendo. Gracias por tu ayuda –se despidió y se marchó, antes de dar una imagen patética y necesitada.

No era ni una cosa ni la otra. Y realmente no tenía ninguna necesidad de pedirle consejo a Dante. Podía enfrentarse a Emilio Mancuso con las pruebas que había encontrado y pedirle que abandonara la empresa.

Dante se frotó las sienes. Había sido un día muy largo y aún le quedaba otra reunión, pero tenía unos minutos para descansar y llamar a su oficina.

–Mariella, soy yo. ¿Alguna noticia importante?

–Carenza vino a la oficina… Y tenía muy mal aspecto, como si…

–Me refiero a algún asunto de trabajo –la interrumpió él bruscamente. No necesitaba que le dieran un sermón sobre Carenza Tonielli.

–Era un asunto de trabajo. Te trajo unos papeles para que les echaras un vistazo.

–¿Dejó alguna nota?

–Todo está en un sobre sellado.

–¿Te importa abrirlo y decirme qué hay?

Mariella así lo hizo. Le leyó la nota y Dante silbó por lo bajo. No era extraño que Carenza quisiera su consejo. Él también necesitaría una segunda opinión si estuviera en su lugar.

Pero cuando llamó a la oficina de Carenza una de las chicas le dijo que no estaba allí.

–¿Sabe dónde está, o a qué hora volverá?

–Creo que ha ido a ver al *signor* Mancuso.

¿Que había hecho qué? ¿Cómo podía ser tan imprudente de ir a ver a aquel hombre y acusarlo de fraude y estafa sin nadie que la apoyara? Llamó rápidamente al móvil de Carenza, pero no obtuvo respuesta. Un escalofrío le recorrió la espalda, porque Carenza nunca ignoraba el móvil. Nunca.

Tenía otra reunión en menos de cinco minutos. Una reunión muy importante que decidiría el futuro de una franquicia. Pero no podía abandonar a Carenza a su suerte. Emilio Mancuso no aceptaría de buen grado las acusaciones y las pruebas, y si reaccionaba de manera violenta… A Dante se le revolvió el estómago al pensarlo.

Tenía que ir en su busca. Sin perder un segundo. No le quedaba otra opción.

Iba a demostrarle a Dante que sabía lo que hacía, pensó Carenza. Él le había dicho que necesitaba reunir pruebas, y al fin las había conseguido. Desde el principio había sospechado que Mancuso era el culpable. La documentación que tenía en su poder así lo corroboraba. Y Dante le había dicho que prefería que lo llamase con soluciones en vez de problemas.

Podía hacerlo. Podía demostrar que era una mujer de negocios firme y decidida, pero para ello debía conservar la calma. De nada le serviría ponerse a gritar. Tenía que hacerle ver a Emilio Mancuso que había descubierto su juego y que todo iba a acabar.

–No esperaba verte a estas horas –dijo él cuando entró en su despacho.

Seguro que no.

Pero ella no iba a morder el anzuelo y argüir que trabajaba más horas que él.

—Tenemos que hablar.

Los ojos de Mancuso brillaron de mofa.

—¿Al fin te has dado cuenta de que no puedes llevar el negocio?

—No. Puedo llevarlo perfectamente, pero hay un problema que necesita ser solucionado.

—¿Y esperas que yo lo solucione?

—En realidad, tú eres el problema. Sé lo que has estado haciendo. Has estado inflando las facturas de los proveedores.

—¿De qué estás hablando?

Era bueno. Unas semanas antes habría convencido a Carenza de su inocencia con aquella expresión de perplejidad. Pero Dante la había enseñado a interpretar bien las cifras.

—Tengo pruebas.

—No sabes nada —espetó él.

—Lo sé todo. Y tengo los documentos que lo demuestran.

—Si así fuera, ya habrías llamado a la policía.

Carenza sacó los papeles.

—Está todo aquí, más la información que me han proporcionado los proveedores —lo miró fijamente, sin pestañear—. Mereces que te encierren por traicionar a quien confió en ti y arriesgar los trabajos de tus colegas solo para alimentar tu codicia. Pero no quiero que el Nonno sepa nada, así que te propongo un trato. Deja la empresa y dile al Nonno que lo haces porque quieres montar tu propio negocio... o llevaré los papeles a la policía.

—¿Y cómo sé que mantendrás tu palabra?

—Porque el Nonno siempre lo ha hecho, y yo soy

su nieta. Un Tonielli jamás falta a su palabra –extendió las manos–. Tú eliges. Márchate ahora o tendrás que vértelas con la policía.

–Maldita zorra mimada –Mancuso se levantó–. ¿Quién te crees que eres para hablarme así?

Dante entró en el despacho justo cuando Mancuso apretaba los puños.

–Buenas tardes –saludó fríamente, pero ni Carenza ni Mancuso lo miraron.

–¿Qué haces aquí? –le preguntó ella.

–Recibí tu mensaje, y como no respondías al móvil pensé en venir a apoyarte.

–Puedo encargarme yo sola de esto –dijo ella, muy rígida.

–Lo sé –se apoyó en el marco de la puerta–. Como ya te he dicho, solo he venido a apoyarte.

–Gracias –Carenza se volvió de nuevo hacia Mancuso–. ¿Quién creo que soy? Soy la nieta de Gino. Su heredera. La persona que dirige la empresa.

–Hace diez años no te importaba la empresa –le recordó Mancuso.

–Era una cría –se defendió Carenza.

–Ni hace cinco, cuando Gino se puso enfermo.

–Si hubiera sabido que estaba enfermo habría vuelto a casa sin pensarlo.

–Gino se ha apoyado en mí todos estos años, incluso antes de que se pusiera enfermo. Fui yo quien estuvo a su lado cuando se hundió por la muerte de Pietro. Fui yo quien hizo que todo siguiera funcionando. ¡Yo! –se golpeó el pecho con el dedo–. Estuve a su lado cuando insistió en que volverías a casa para hacerte cargo de la empresa. Nadie creía que fueras a volver… ¡pero lo hiciste y asumiste el control de todo!

—No me culpes a mí. Durante años has estado llevándote dinero de la empresa.

—¡Me lo merecía! —exclamó Emilio—. Por todo el trabajo que le he dedicado.

—No. Ese dinero se lo robaste a quien confiaba en ti —lo miró desafiantemente—. No voy a denunciarte a la policía porque, efectivamente, ayudaste a mi abuelo durante muchos años. Tienes la opción de marcharte sin provocar ningún escándalo. No la desaproveches.

—¿Marcharme? ¿Ahora?

—Llévate tus cosas y dame todas las llaves.

Mancuso volvió a apretar los puños y Dante temió que fuera a golpear a Carenza.

—Yo de ti no lo haría —le advirtió.

—¿Tú vas a impedírmelo? —lo retó Mancuso.

Para Dante sería muy fácil derribarlo antes de que pudiera tocar a Carenza, pero recurrir a la violencia era lo último que quería hacer.

—Si quieres que te acusen de agresión además de fraude, adelante. Seguro que el juez tendrá algo que decir cuando descubra que golpeaste a una mujer. Y si la noticia aparece en los periódicos y se enteran en la cárcel… Creo que los reclusos no miran precisamente con buenos ojos a los hombres que pegan a las mujeres.

—Y yo no dudaría en testificar —dijo Carenza—. La elección está en tus manos.

Mancuso no dijo nada, pero era evidente que reconocía su derrota, porque se puso a recoger sus efectos personales y le entregó las llaves a Carenza.

—Púdrete en el infierno —masculló al salir, y cerró

con un portazo tan fuerte que casi hizo añicos el cristal.

–¿Están todas las llaves? –preguntó Dante cuando Carenza examinó el llavero.

–Creo que sí.

–De todos modos convendría cambiar las cerraduras, por si acaso tiene alguna copia y se le ocurre tomar represalias, como destrozar un local o envenenar los helados –vio cómo Carenza se ponía pálida al pensarlo–. Siéntate. Yo me encargo de todo.

Llamó al cerrajero y le preparó una taza de café con varias cucharadas de azúcar. Carenza se quejó del excesivo dulzor, pero se lo bebió obedientemente mientras cambiaban las cerraduras de la oficina. Después, Dante la llevó en moto a cambiar las cerraduras de los locales y acabaron en la heladería que estaba bajo su apartamento.

–No confío en Mancuso –le dijo él–. Preferiría que no te quedaras en tu casa esta noche.

–¿Crees que podría intentar algo?

–No lo sé, Caz. No es probable, ya que sería el primer inculpado. Pero no quiero correr riesgos. Tengo copias de las facturas, y también he grabado la conversación en mi móvil. Creo que deberías quedarte esta noche con tus abuelos.

–Si lo hiciera, tendría que explicarles el motivo. Y no quiero preocuparlos.

Dante sabía que debería ofrecerle su casa, pero quedarse con ella sería demasiado peligroso.

–De acuerdo –suspiró–. Esto es lo que haremos. Te quedarás en mi casa y yo me iré a casa de mi madre.

–No quiero causarte molestias –dijo ella, aunque sus ojos decían otra cosa.

«¿Por qué no quieres quedarte conmigo?».

–Caz, intento ser honesto. Si te quedas conmigo acabaremos acostándonos. Y eso no sería justo para ninguno de los dos.

Ella se mordió el labio, sin decir nada.

–No quiero hacerte daño. Caz. Y nada me gustaría más que abrazarte y decirte que siempre te protegeré. Pero... –la voz se le quebró–. No puedo protegerte de mí.

–Dante... –suspiró–. ¿Cuántas veces voy a tener que decirte que tú no eres como tu padre? Si lo fueras, habrías destrozado a Mancuso en la oficina. Pero no lo hiciste. Me protegiste sin necesidad de emplear la violencia. Como debe hacerse.

–Como debe hacerse –repitió él, mirándola a los ojos.

–No vas a convertirte en tu padre –le aseguró ella con voz suave–. Pero si lo sigues creyendo dejarás que destruya tu futuro igual que hizo con tu pasado. Piénsalo, Dante.

¿Tendría ella razón? ¿Habría estado equivocado todos esos años?

–Pero te dije que le rompí el brazo a mi padre, y a Niccolo amenacé con destrozarlo...

–Lo hiciste porque intentabas proteger a un ser querido e indefenso. Dime una cosa... ¿siempre has sido una persona violenta? ¿Lo eras en el colegio?

Dante lo pensó un momento y negó con la cabeza.

–No. Me dedicaba a estudiar y trabajar duro. Me ganaba la vida desde los catorce años.

–¿Y en las vacaciones?

–Tu abuelo me ofreció un empleo vendiendo helados en un quisco de la playa.

–Y luego creaste un imperio de la nada.

–Gracias a sus buenos consejos.

–Tienes seis restaurantes y todos tus empleados confían en ti. Así que dime, Dante Romano, ¿qué otras semejanzas guardas con tu padre aparte del parecido físico?

Él no supo qué responder.

–Respóndeme a esto otro. ¿Qué haces cuando sufres un contratiempo?

Aquello sí que lo tenía claro. No se rendía. No empezaba a beber y a destrozarlo todo, ni a volcar su frustración en la gente que lo rodeaba.

–Analizo la situación y aprendo de mis errores para seguir adelante.

Y entonces lo comprendió. Tal vez fuera el momento de hacer las paces con su pasado y perseguir lo que realmente quería. El momento de tomar la decisión correcta, no solo para él, sino para todo el mundo.

–Te quiero, Carenza. Es la otra razón por la que estoy aquí esta noche. Quería decírtelo.

Ella frunció el ceño.

–¿No tenías una importante reunión de negocios?

–Sí, pero tú eras mucho más importante. Pensé que podías estar en apuros cuando no respondiste al móvil y me invadió el pánico.

Los ojos de Carenza se llenaron de lágrimas.

–Dijiste que lo nuestro no podía funcionar y que teníamos que limitarnos al trabajo…

–Y me equivoqué.

–Tú no eres tu padre –le repitió ella–. Llevas la mitad de sus genes, pero la otra mitad son los de tu madre. A lo mejor la mitad de los genes de tu padre no eran violentos y fue la mitad que heredaste tú,

153

¿no crees? En ese caso no tendrías un solo gen violento en el cuerpo.

Dante no pudo menos que sonreír.

—No creo que la genética funcione así, princesa.

—Como me digas que soy una cabeza hueca te lo haré pagar muy caro.

Aquella era su Carenza. Ante una situación adversa buscaba la solución más ventajosa.

—No sé si eso es una amenaza o una promesa.

—Las dos cosas —se llenó los pulmones de aire—. Yo también te quiero, Dante.

—Los dos tendremos que aprender a comprometernos —le advirtió él—. Pero he estado pensando en ello y creo que va a funcionar. Vamos a fusionar nuestros respectivos negocios. Y podemos incluir una galería de arte. Ah, y no vamos a vivir encima de la heladería ni del restaurante, sino en una casa de verdad.

—Una fusión... —murmuró ella, parpadeando, como si pudiera asimilarlo.

—Matrimonio.

Los ojos de Carenza se abrieron como platos.

—¿Quieres casarte conmigo?

—Sí —se arrodilló delante de ella—. Carenza Tonielli, te quiero y quiero pasar el resto de mi vida contigo. ¿Te casarás conmigo?

—Tengo algunas condiciones.

Condiciones... Dante ocultó una sonrisa. La princesa volvía a hacer acto de aparición.

—¿Tienen algo que ver con zapatos de diseño y trajes de novia?

—Es algo más serio que eso —repuso ella—. Al volver de París me dijiste que era mejor que tuviera la regla —se mordió nerviosamente el labio—. Pero yo quiero tener hijos... Tus hijos.

–¿Una familia? Me parece perfecto, princesa –una familia feliz en la que no existiera el menor temor o violencia–. Y también podríamos tener un perro. De niño siempre quise tener uno.

No explicó por qué no lo había tenido, pero ella lo adivinó y le acarició la mejilla.

–Nunca serás como tu padre. Te he visto con Fiorella y sé que serás igual con nuestros hijos. Y con el perro. Y conmigo.

–Sobre todo contigo. Esto… ¿sabes lo incómodo que es estar de rodillas en el suelo?

–Pues la verdad es que no. Nunca me he declarado a nadie de rodillas.

–Corta el rollo y dime cuáles son las otras condiciones.

–Eres muy impaciente… No hay más condiciones. Quiero tener hijos contigo.

–Yo también. ¿Vas a responder a mi proposición?

–Sí.

–¿Si qué?

–Sí, Dante –le sonrió–. Me casaré contigo.

Dante dejó escapar un grito de júbilo y se puso en pie para levantar a Carenza en brazos y hacerla girar en el aire.

–Creo que antes debería haberle pedido permiso a tu abuelo…

–Le gustas. Y estará encantado de que te cases conmigo siempre que me hagas feliz.

–Eso te lo garantizo –le prometió él.

–Tendremos que hablar de muchas cosas con mis abuelos.

–Y no todas serán agradables. Será duro para ellos aceptar que alguien de confianza los traicionó. Pero juntos podremos superarlo todo.

—Siempre. Con tu ayuda el negocio volverá a crecer.

—¿Trato hecho?

—Trato hecho.

—Estupendo. Y ahora… voto por que sellemos el trato con un beso.

Ella se echó a reír.

—Creía que nunca me lo pedirías.

Deseo™

Honradas intenciones

CATHERINE MANN

El comandante Hank Renshaw lo sabía casi todo sobre Gabrielle Ballard. Casi todo salvo cómo sería acariciarla porque era la prometida de su mejor amigo. O lo había sido hasta que Kevin murió en el campo de batalla, después de hacerle prometer que buscaría a Gabrielle.

De modo que estaba en Nueva Orleans, en el apartamento de Gabrielle, viéndola darle el pecho a su bebé. No era el honor ni el sentido del deber lo que hacía que quisiera quedarse, sino el deseo que sentía por

ella, así de sencillo; el deseo de tomar a la mujer a la que siempre había amado y, por fin, hacerla suya.

Cuenta conmigo

¡YA EN TU PUNTO DE VENTA!

Acepte 2 de nuestras mejores novelas de amor GRATIS

¡Y reciba un regalo sorpresa!

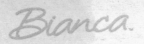

Ella guardaba un impactante secreto...

A Louise Anderson le latía con fuerza el corazón al aproximarse al imponente *castello*. Solo el duque de Falconari podía cumplir el último deseo de sus abuelos, pero se trataba del mismo hombre que le había dicho *arrivederci* sin mirar atrás después de una noche de pasión desatada.

Caesar no podía creer que la mujer que había estado a punto de arruinar su reputación todavía le encendiera la sangre. Al descubrir que su apasionado encuentro había tenido consecuencias, accedió a cumplir con la petición de Louise... a cambio de otra petición por su parte: ponerle en el dedo un anillo de boda.

Deshonra siciliana

Penny Jordan

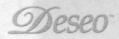

Recordar el amor

KATHIE DENOSKY

Con el corazón roto, Bria Rafferty estaba a punto de entregar los papeles del divorcio a su marido cuando este sufrió un accidente que le hizo perder la memoria. Al despertar del coma no recordaba nada de lo sucedido durante los seis meses anteriores, ni siquiera el desgarrador acontecimiento que impulsó a su esposa a marcharse. Sam creía que aún vivían juntos en el rancho Sugar Creek y que todo iba bien.

Para ayudarlo a recuperarse, Bria se trasladó de nuevo al rancho. Pero, una vez allí, no pudo resistirse a una noche robada. ¿Soportaría dejar a su marido por segunda vez… o encontraría el valor necesario para quedarse?

Rafferty contra Rafferty

¡YA EN TU PUNTO DE VENTA!